KB080742

어쩌다 학교가
집이 되었다

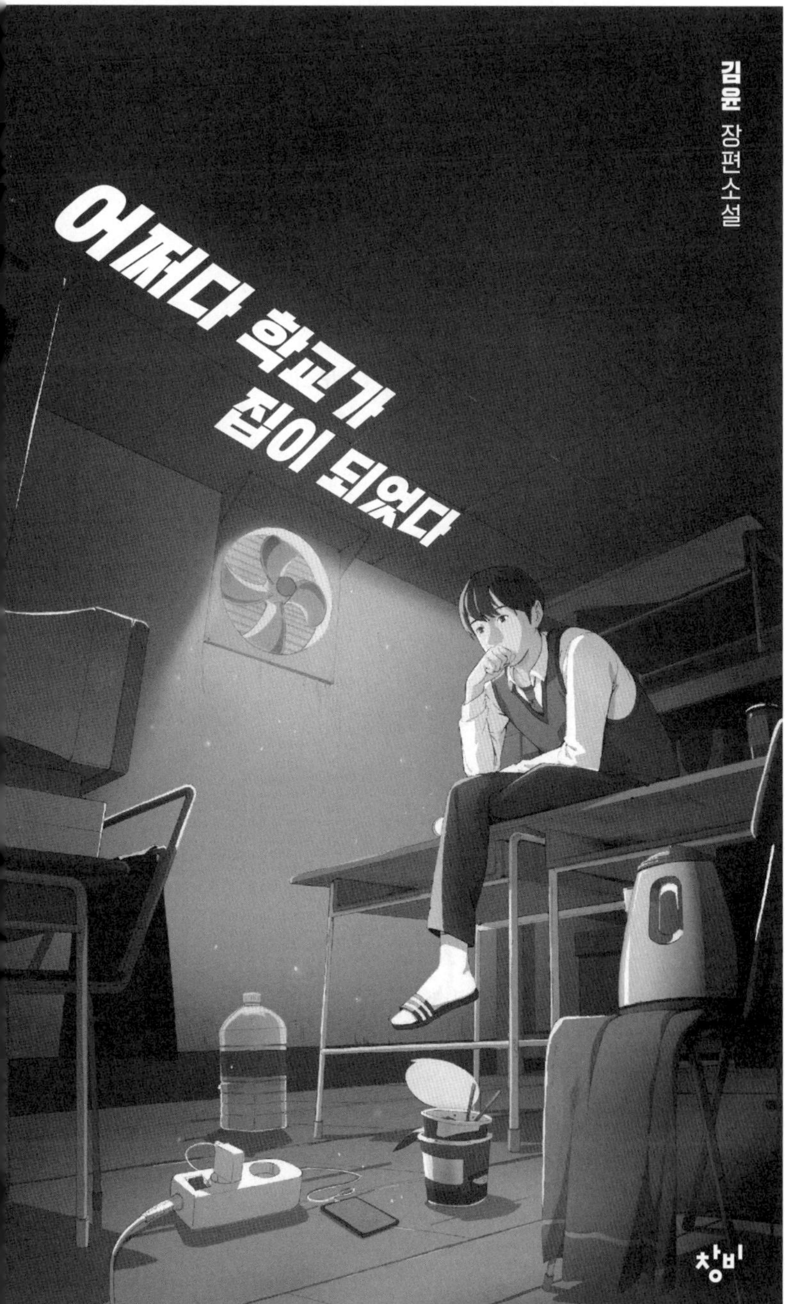
어쩌다 학교가 집이 되었다
김윤 장편소설
창비

차
례

당신은 지금 어디에 있습니까?

프롤로그

나의 영화는 이렇게 시작한다.

야간 자율 학습이 있을 때니까 꽤 오래전의 이야기지만, 입시가 아무리 바뀌어도 실기고사에 낼 시놉시스는 필요할 테니까. 그 첫 문장을 쓰는 것으로.

마치 프롤로그처럼.

모두 돌아갈 때 나는 나왔습니다

아무리 생각해도 지금까지의 나를 설명하는 건 이 문장이 다였다. '모두 돌아갈 때 나는 나왔습니다.' 불쌍한 척해서 동정을 얻으려고 하는 것은 아니지만 그렇다고 아픔을 극복하는 청춘을 표현해 보자는 건 더욱 아니었다. 그냥 건조하게 사실만 쓴 문장이다. 이 좁은 방을 아무리 뒤져도 여기에는 아직 나에 대해 쓸 말이 없었다. 그저 옅은 모니터 불빛만 눈앞에 잔잔히 어른거렸다.

아침부터 수업을 듣고 점심과 석식을 먹은 후 야자 시간 내내, 벌써 몇 시간째 이 문장에서 고민이 멈춰 있었다. 도저히 이 뒤에 올 두 번째 문장이 생각나지 않았다. 신호등의

점멸 신호처럼 커서만 같은 자리에서 깜빡거렸다.

역시 '나는'보다 '저는'이 더 나은가? 하며 첫 문장만 고치고 또 고쳤다. 그 후로도 한참을 '모두'와 '나는' 사이에서 쓸데없이 고민하다가, '돌아가다'와 '나가다'의 차이를 생각하다가, 결국 자리에서 일어나 모니터 불빛이 닿지 않는 곳에 있는 문고리를 더듬더듬 찾아 방문을 열고 겨우 밖으로 나왔다.

방문 앞 '거실'에는 의자와 책상이 나를 가두는 것처럼 가득 쌓여 있었는데, 전부터 이걸 치우겠다고 생각만 한 채 한참을 미루고 있었다. 내가 좀 둔하고 게으른 것도 있지만 거실을 조금만 지나면 바로 운동장이다. 지금은 좀 더럽더라도 괜찮다. 아무렴, 지금은 청소보다 중요한 게 많은 나이니까.

낑낑거리며 책상 밑을 기어서 복잡한 거실을 지났다. 구령대 옆 돌계단을 내려와, 바로 근처에 있는 소나무와 정자를 지나, 운동장 한가운데 섰다. 바람이 향도 없이 시원하게 불어왔다. 밤하늘을 올려다봤다.

저기, 우주는 어디로 흐르는지 알 수 없게 넓고 깊었다.

여기, 아무도 없는 운동장의 한가운데에서 반짝거리는 별을 보고 있으면 뭐랄까, 자유로운 기분도 들었다. 벌써 대

학에 붙어 이곳을 나가기로 한 것만 같은. 아무튼 그런 기분
으로 감옥처럼 답답한 나의 '집'을 향해 다시 고개를 돌렸
다. 시놉시스를 마저 쓰겠다고 다짐하듯 다음 문장을 읊조
리면서.

꼭 이곳을 나갈 것입니다.

나의…… 아니, 저희의 집은 학교입니다.

급식실 소동

"너는 지금 어디에 있는데?"

처음 우리 집이 망했다는 생각이 든 건 급식실에서였다.

학생증을 찍는 기계가 급식실 입구에 있었는데, 내 것만 대면 시끄러운 소리가 났다. 사이렌 소리, 몇백 명은 있는 급식실 끝까지 닿을 수 있을 정도로 큰 소리였다.

입학하고 그렇게나 많은 시선을 받은 건 그때가 처음이었다. 영양사 선생님도 이런 경우는 처음인지 당황해서 그냥 들어가라고 말했지만, 창피하기도 했고 조금 억울하기도 했다. 내 이전 상황으로 미루어 언젠가 이럴 줄 알았지만 뭐랄까, 급식비 안 낸 애들이나 잡으려고 이 정도로 시끄럽게 만들었어야 했나 싶었다.

"뭐, 일단은 원래 살던 집에서 안 나가고 있죠."
"집에서 나오고 싶다고? 그게 대학 멀리 가려는 이유야?"
"네. 나와서 기숙사 들어가려고요."
"전공은 어디로 가려고?"
"준비하는 곳은 있는데 확정은 아니에요. 장학금 맞춰 갈 거라. 지금 그게 중요하지는 않으니까요."

담임 선생님은 늘 들고 다니는 배드민턴 채로 어깨를 툭툭 치며 무언가 고민하는 것 같았다. 나는 여름의 열기에 찜 득거리는 검정 가죽 의자에 앉아 내 상황에 대한 설명을 이었다.

가스가 끊기고 얼마 안 되어 전기도 끊겼다. 한 달쯤 지나서 핸드폰 인터넷이 끊겼다. 나중에는 전화 수신도 할 수 없게 되었다.

그러니까 지금 아무도 내가 어디 있는지 모르는 상태인 것이다. 이렇게 된 지 얼마 지나지 않았다고 이어 말하는데 선생님의 표정이 입시를 앞둔 나보다 더 좋지 않아 보였다.

"파산…… 아니, 그럼 밥은 어떻게 하고? 돈은 있어?"

"대충 집에 라면 있는 거 먹어요, 생으로. 돈은 모아 놓은 거 좀 아끼면 돼요. 그래도 이제 수능 전에 준비할 건 실기밖에 없으니까요."

"그래. 지금 당장은 중요한 것부터 생각해 보자."

나는 나보다 자신 없는 눈빛으로 말하는 선생님을 똑바로 바라보며 바로 도빈에 대해 물었다.

"선생님, 근데 도빈이는 학교 그만둔 거예요?"

"그런 거 아니야. 넌 다른 생각 말고 빨리 전공부터 정해, 인마."

"예, 뭐."

선생님이 혀를 차더니 만 원짜리 지폐 두 장을 건넸다. 그러고는 배드민턴 채를 요술봉처럼 휘두르며 교무실에서 나가 보라고 했다. 나는 감사하다고 꾸벅 인사했다. 아무튼 이 돈으로 오늘 저녁은 든든하게 먹을 수 있을 것이다.

그때 선생님이 날 다시 불러 세웠다.

"아차, 그러면 아버님은 지금 어디 계셔?"

나는 어깨를 한 번 으쓱하고 서둘러 교무실을 나갔다.

지금 중요한 건 그게 아니었으니까.

                                    *

　저녁 일곱 시, 며칠 전 선생님이 준 돈으로 근처에서 순댓
국밥을 사 먹었다. 그사이 몇 끼를 굶었는지 세어 보지는 않
았다.
　"야, 그 얘기 들었음?"
　지난 며칠간의 이야기를 노트에 적는데 다른 분단에 있
는 애들이 떠드는 소리가 들렸다. 야자가 끝나면 학원에 가
야 한다거나 옆 반 애랑 사귀다 깨졌다는 얘기며 한숨 소리
까지. 쉬는 시간에 입만은 절대로 쉬지 않아야 한다는 암묵
적인 규칙이라도 있는 건지, 애들은 저마다 핸드폰을 꺼내
들고 이야깃거리들을 찾아냈다.
　늘 그렇듯 교실에 가득 찬 화제는 대부분 게임이나 여자
애들에 관한 거였다. 아, 물론 시험도. 하지만 대화는 쉬는
시간이 끝날 즈음에 꼭 이상한 주제로 마무리된다. 동네에
서 난 살인 사건이라든지 뉴스에 나온 사기 사건, 연예인의
범죄 혹은 자살 같은, 자극적인 괴담이나 미스터리들로.
　"반장들 단톡에도 올라왔다잖아, 그거."
　"아, 스토리 봤음."
　단톡, 피드, 그것도 아니라면 유튜브. 핸드폰과 태블릿

PC 같은 작은 화면 속에서 교실 문턱을 넘어 이야기는 퍼져 나간다. 하지만 나는 인터넷은커녕 전화도 끊겼기 때문에 어디에도 속하지 못한 채로, 화면이 아닌 종이 노트에 이것저것 쭉 써 내려가며 고민을 계속했다. *오늘은 6반이 좋을 것 같다,*라고 이어 적었다.

"준영, 뭐 해? 개시끄럽지? 야, 너네 자리에 좀 앉아라, 이제."

"별거 아니야, 두흥."

선이 진한 얼굴을 가진 두흥이 복싱 선수와 수녀님이 나오는 옛날 만화책을 덮고 웃으며 옆 분단에서 말을 걸었다.

"담임이랑 대학 어디 갈지 상담했다며? 어디 쓰려고?"

"아직 구체적으로 정하지는 않았어."

"하긴 아직 초여름인데. 아니다, 너 수시도 쓸 거잖아? 체대는 실기도 보고 하니까 다른 데보다는 좀 빠르지 않나?"

"너나 잘해."

두흥은 책상에 걸터앉아 내게 다시 물었다.

"그려, 이따가 쉬는 시간에 농구 고?"

"노 고. 3학년이 무슨 농구야? 그리고 도빈이 자퇴한 건 아닌가 봐. 우리 계획도 이제 얼마 안 남았어. 중요한 건 그거지."

"맞네. 언제 돌아오려나. 일단 나는 나대로 준비하고 있어."

"이제 곧이야. 알지?"

"그럼."

두홍이 내 말에 킬킬 웃으며 답했다. 도빈과 두홍 그리고 나, 우리 셋이 왜 친해졌는지 기억이 나지 않았다. 그때 두홍이 아차 하며 물었다.

"너 얘기 들었음? 책 도둑."

이 역시 교실에서 금방 사라질 사소한 이야깃거리긴 했지만 나도 관심이 갔다. 3반에서 물건이, 특히나 책이 자꾸만 사라진다는 이야기. 또 밤중에 학교를 돌아다니는 사람이 있다는 소문. 귀신이라든가 하는 실체 없는 이야기는 아니었고 학생 중에 도둑이 있다는 소문이었다. '책 도둑'이라니, 상상력하고는.

하여간 중요한 시기를 보내고 있는 우리들의 주위에는 중력에 이끌리는 먼지들처럼 별의별 미스터리가 넘쳐 나고 있었다.

"그 새끼 내가 봤을 땐 남자야. 여자 반에는 이런 소문도 안 돈다잖아."

"여자애들도 알긴 알걸? 그리고 여자 반은 교실 비울 때마다 아예 자물쇠 거는데 어떻게 들어가냐?"

사라진 물건 대부분이 별로 중요하지 않은 책이라 다들 예민한 시기에 쉬쉬하는 분위기였다.

"모의고사 시험지 같은 건 안 훔치나. 암튼 이따 농구할지 맘 바뀌면 말해."

"됐어. 그럴 시간 없다. 공부해야지."

"넌 꼭 좋은 대학 가라. 난 농구대나 갈란다. 야, 야자 끝나고 농구할 사람? 투표 올릴 테니까 톡방 확인."

그렇게 만화책에서 나왔던 두홍도 핸드폰 속으로 들어갔다. 야자 시작을 알리는 종이 울렸고 시시껄렁한 대화가 으레 그렇지만 책 도둑 이야기도 답이 나지 않은 채 마무리됐다.

곧 선풍기가 미약한 바람이나 뿜는 소리, 종이가 팔랑거리는 소리, 무언가 깨작깨작 쓰는 소리만 주위에 차올랐다. 이내 공부하는 분위기가 잡혔지만 나는 서랍 속에 가득한 책을 꺼내지도 않은 채 안경을 벗고, 그대로 엎어졌다.

"퍽이나 대학 가겠다."

두홍이 날 보며 웃는 소리가 들렸고, 나는 밤을 새운 피로를 풀기 위해 잠들었다.

아홉 시, 두 시간을 내리 자고 야자가 끝나자마자 두홍과 헤어져 신관 5층에 있는 면학실로 이동했다. 면학실은 각 학년의 1등부터 50등까지 총 150명을 모아 둔 일종의 독서실이었는데, 칸막이 책상마다 1번부터 50번까지의 번호가 크게 붙어 있어서 학년별로 자신의 등수에 맞는 자리에 앉았다. 거기다 10등 단위로 바닥에 선을 긋고 그 안에서만 움직일 수 있었다. 그곳에서는 모두가 자신이 속한 선을 넘어가기 위해 애쓰는 중이랄까.

들어서자마자 문 앞에 있는 선생님에게 꾸벅 인사했다. 날 보지도 않은 채 고개만 까닥이는 선생님을 지나 난 곧장 내 선 안, 내 번호에 앉았다. 다른 애들도 떠들다 자기 자리에 앉았고 또 종이 넘기는 소리와 무언가를 쓰는 소리, 에어컨 돌아가는 소리만 들렸다.

다들 공부만 했다. 당연히, 나는 아니었지만. 노트에 적은 문장을 내려다보았다.

오늘은 6반이 좋을 것 같다.

아이들이 말하는 책 도둑은 나다.

두 번째 등교

이곳에 나와 비슷한 느낌이 나는 애는 한 명 있다.

1번.

대화는 안 해 봤지만 면학실에서 문제집을 풀지 않는 건 나와 1번뿐이었다. 처음에는 1등이 책도 펴지 않고 뭘 그렇게 하나 호기심이 생겼는데 지금은 신경 쓸 여유가 없다. 나는 입시 계획을 짜야 하니까. 바짝 엎드린 자세로 노트를 폈다.

우선 선생님이 준 돈에서 국밥값을 빼면 13,000원. 집이 망하기 전에 있었던 내 돈 108만 원에서 남은 돈 52만 3천 원. 그럼 모두 53만 6천 원. 앞으로 수능까지는 162일, 대략

23주로 돈을 나누면 일주일에 2만 3천 원쯤. 2만 3천 원이라.

"저기, 미안한데 나 지우개 좀 빌려줘."

옆자리 여자애가 말을 걸어 급히 노트를 숨겼다. 사이에 있는 칸막이를 가리키며 인상을 썼다. 여기서 잡담은 절대 금지다. 한숨을 쉬고 지우개를 건넸다.

"여기."

"고마워."

짧은 대화 후에 계속 2만 3천 원을 어떻게 하면 더 효율적으로 쓸지 몰래 계산했다. 노트 칸마다 복잡한 계획들이 빼곡 찼다. 모르는 애랑 말한 건 정말 오랜만이었지만 정신을 바짝 차려야 한다. 이제 진짜 얼마 남지 않았으니까.

벌써 열한 시, 짐을 챙겨야 했다. 당연히 다른 애들처럼 집으로 돌아가기 위한 건 아니었다.

열한 시 반, 학교 바로 아래 있는 도서관에서부터 대로변의 버스 정류장까지 사람들을 확인하며 나는 길을 계속 내려가기만 했다. 아주 천천히. 꼭 밖에서 놀다 집에 들어가기 싫어서 발을 질질 끄는 어린애처럼.

그리고 골목길에서 보이는 대로변에 더 이상 아무도 없게 되었을 때, 나는 냄새 나는 집으로 돌아가지 않고 불 꺼진 학교로 돌아갔다. 다행히 경비 아저씨가 대문 옆 쪽문을 잠그지 않았다. 타이밍이 안 맞거나 경비 아저씨가 그날따라 경각심을 갖고 쪽문마저 잠근 날이면 억지로 담을 넘기도 했지만, 오늘은 괜찮았다. 곧장 쪽문을 조용히 열고 들어가 수풀 사이를 걸었다. 그렇게 오늘도 별 무리 없이 두 번째 등교를 해냈다.

여자 반은 들어가기 좀 그렇고, 3반은 소문이 났으니 패스. 주로 가던 5반은 어제 확인했을 때 자물쇠를 고쳤으니 패스. 물론 다른 교실 문도 야자가 끝난 아홉 시에 주번이나 반장들이 전부 잠가 놓지만 3학년 6반은 반장이 누군지는 몰라도 늘 경각심이 부족했다. 나는 6반의 앞문을 슬며시 열고 들어갔다.

아무도 내가 여기 있다는 걸 모르겠지.

자정, 걸레 썩은 냄새 나는 교실 뒤편 사물함은 대부분 자물쇠가 걸려 있어서 이렇게 책상 서랍을 뒤지는 게 전부였다. 빵 봉지는 왜 서랍 속에 두는 건지. 그 외에는 보통 텅 비어 있거나 책들로 가득 차 있었다. 하지만 가끔 보물을 발견하기도 한다. 3분단을 뒤질 때 서랍 깊숙한 곳에서 무언가가 손끝에 걸렸다. 핸드폰 충전기였다.

"이건 잘하면 나중에 쓸 수 있겠네. 어, 어디서 쓸렸나?"

충전기를 꺼내다 손에 난 생채기를 보고 조용히 중얼거렸다. 사실 왜 다쳤는지는 신경 쓰이지 않았지만 짙은 어둠을 밀듯 일부러 소리 내어 말했다.

"그리고 3반은 한 번밖에 안 갔는데."

물론, 소문의 책 도둑은 나일 것이다.

"책 도둑이라니, 상상력 참 빈약해."

나는 도둑이 아니다. 딱 한 번 지갑을 발견했을 때도 그걸 건드리지 않는 게 내 마지막 선이라고 생각하며 그대로 두었다. 그때 이후로 나만의 규칙을 한 가지 만들었다. 도둑이 되지 않기 위해 지켜야 할 일종의 선이자 룰, 나에게 부과한 암묵적인 페널티라고 할까. 그리고 지금까지 한 번도 어긴 적 없다.

첫째, 걸려서 탈이 날 정도의 물건은 그대로 둔다.

그러니까 이건 대학에 가기 위한 규칙이 있는 놀이에 가깝다. 마치 횡단보도를 건널 때 흰 선을 안 밟으면 죽는 거야,라고 법칙을 만드는 아이들처럼, 조건을 어기면 어떤 우주의 기운을 받아 대학에 가지 못할 것만 같은 기분이 들었다. 그래서 스스로에게 제약을 건 것이다.

규칙을 어기고 선을 넘는 순간 나는 범죄자가 되겠지만, 아무도 쓰지 않는 충전기 정도는 괜찮지 않을까. 오늘은 300원과 앞쪽만 푼 수학 문제집 한 권, 그리고 충전기가 다였다. 물건들을 챙기고 집 같지도 않은 곳으로 돌아가기만 하면 되는 그때였다.

또각

복도에서 발소리가 들렸다. 반사적으로 몸을 낮추고 복도 쪽창 아래에 붙었다. 차가운 빛이 창문을 넘어 머리 위로 여러 번 지나갔다.

빛은 두리번거리며 무언가를 찾고 있었다. 혼잣말이 사라져 고요한 교실에서 내가 내는 작은 소리들이 새어 나갈까 걱정할 겨를도 없었다. 걸리면 끝이다. 뭐지? 누구지? 경비 아저씨인가, 소문 때문일까?

머릿속이 소란해지면서 식은땀이 흘렀다. 아, 저건 또 왜 저렇게 되어 있지? 시선 끝이 삐뚤어진 의자에 닿았고 급히 발로 의자를 살살 밀었다. 그 와중에도 또각거리는 소리는 사라지지 않고 또렷이 귓가를 맴돌았다. 또각, 스트레칭하

듯 뻗은 왼발을 멈춘 채 숨도 멈췄다. 또각, 또각.

그 순간, 누군가 머리 위에서 나를 내려다보는 기분이 들었다.

또각

숨이 쉬어지지 않았다. 두려움이 차올라 눈을 질끈 감아버렸다. 짧은 정적 후 발걸음 소리가 움직였다. 발소리는 조용한 교실에서 점차 멀어지다 이내 완전히 사라졌다. 미친, 이게 뭐람.

마지막 소리로부터 얼마나 지났을까. 다리에 쥐가 날 것 같았다. 더는 인기척이 느껴지지 않자 금방에라도 터질 것처럼 뛰는 심장을 진정시키려 한숨을 깊게 뱉었다. 꽤 오랫동안 쪼그려 앉아 있었더니 온몸이 저렸다. 하지만 시간이 없다. 빨리 여기서 나가야 한다.

원초적인 탈출 본능에 이끌려 이 생각만이 온몸을 지배했다. 땀을 닦는 것도 잊은 채 헐레벌떡 계단을 내려가 문으로 향했다. 살금살금 또 허겁지겁. 1층 본관 정문인 유리문 앞에 도착하자마자 힘을 주어 손잡이를 잡았는데, 들어올 때는 없었던 두꺼운 쇠사슬 자물쇠가 채워져 있었다.

"개조졌네."

새벽 한 시, 학교에 갇혔다.

어둡고 조용한 복도, 내가 걸어온 텅 빈 곳을 뒤돌아봤다. 오직 어둠만이 가득했고 아무런 소리도 나지 않았다. 공포 영화에서 학교를 늘 무섭게만 비춘다고 여겼는데, 완전히 잘못 생각한 것이었다. 늦은 밤 학교는 혼자 있기에 너무 넓고, 다른 무언가를 살피기에는 너무 어둡다.

어두운 만큼 무섭다.

*

"학교가 이렇게 컸나."

그 후로 한 시간쯤 1층 복도를 헤맸다.

분명 익숙한 곳인데도 스멀스멀 두려움이 차올랐다. 끊임없이 혼잣말하며 학교의 구석구석을 살폈다. 1학년 교실들, 기술가정실과 과학실, 가 본 적도 없는 상담실과 보건실까지. 이런 곳이 있었나 싶게 낯선 곳까지 전부 확인해도 밤이라 그런지 문이 열리는 건 고사하고 창문마저 대부분 쇠창살로 막아 둔 상태였다. 나는 계속 복도를 걸었다.

두 번째 등교를 시작한 작년 겨울 이래로 늘 불안한 밤을 보냈지만 학교에 갇히는 일은 처음이었다. 착잡한 마음에 한숨이 저절로 났다. 오늘 안에 나갈 수 있을까? 주위를 다시 둘러보니 사방에 벽뿐이었다. 그리고 그때 알아차렸다.

학생들이 없는 학교는 이렇게 아무것도 아니구나.

낯설었다. 지금 내가 있는 여기가. 우리 학교가.

마치 미지의 동굴을 탐험하는 것처럼 돌아다니다가 거의 반쯤 포기한 상태로 내가 지나온 곳들을 다시 확인했다. 학교는 신관과 본관이 중앙의 복도와 구름다리로 연결되어 있는 구조였는데, 왜인지 본관 지하층은 입구가 자물쇠로 걸려 있어 들어갈 수 없었다. 다른 방법은 학생들은 이용이 불가능한 교직원 엘리베이터뿐이었다.

그곳을 제외하고 학교를 샅샅이 뒤졌지만 역시나 다른 통로는 보이지 않았다. 오늘은 절대 여기서 나갈 수 없겠다는 생각이 다시 한번 들었다. 거기까지 생각이 미치자 애써 무시했던, 하지만 찝찝했던 한 가지 의문이 떠올랐다.

"누구였을까?"

또각거리는 발소리와 을씨년스러운 불빛의 주인은.

나를 봤을까? 궁금해도 답은 나오지 않았다. 하는 수 없이 계단을 올라 다시 열려 있는 6반으로 돌아왔다. 일단은 자고 새벽에 우리 반으로 돌아가기 위해서였다. 몰래몰래 다녀서일까, 구석 벽에 기대어 앉자마자 긴장이 풀려 하품이 났다.

그래도 생각은 멈추지 않았다. 이제라도 그만두고 다른 사람들한테 책 도둑은 나라고 말해야 할까? 아니야, 오늘 밤만 지나면 또 아무 일도 없는 것처럼, 그러니까 학교 안에서의 흔한 이야기처럼 흐지부지하게 끝날 것이다. 그러면 입시에는 아무 문제도 없을 것이 분명했다.

"걸리지는 않았겠지. 어쨌든 지금 당장 중요한 건 아니야. 일단 자자."

나는 다른 생각은 애써 무시하고 의자 네 개를 일렬로 모아 그 위에 누웠다. 등으로 딱딱한 나무판이 느껴졌다. 좁은 틈에 갇혀 돌아 누워도 보고 머리 방향을 바꿔 보고 베개로 쓴 가방의 짐도 빼 보았지만 불편할수록 신경이 날카로워졌다.

복도 끝 화장실 세면대에서 물방울이 떨어지는 소리까지 들리는 것 같았다. 두려웠다.

나는 혼잣말했다. 괜찮을 거야…… 괜찮을 거야……. 통화도, 인터넷도 되지 않는 핸드폰으로 알람만 설정하고 눈을 붙였다. 그리고 얼마 지나지 않아,

또각

온몸에 소름이 돋으며 두 눈을 부릅떴다.

제안

누구지?

분명 누군가 있다. 그 존재감에 짓눌려서 나는 마치 좁은 관에 누운 것처럼 옴짝달싹 못 했다. 손가락도 움직일 수 없었고 마치 전신에 쥐가 난 것처럼 목 뒤가 빳빳했다. 천장을 통해 갈라진 그림자가 검은 머리카락이 넘실대듯 창틀을 타고 교실로 넘어 드는 게 보였다. 그림자는 검은 비처럼 나에게 떨어졌다. 최대한 움직여 보려 했지만 벗어나지 못했다. 고작 두 눈알만 치켜들고 창밖 복도를 힐끔거릴 뿐이었다.

그리고 날 내려다보고 있는 여자와 눈이 마주쳤다.

"흐어억!"

발작하듯 일어나 가쁜 숨을 몰아쉬었다. 어안이 벙벙한 채 주위를 둘러봤지만 어두운 공간에는 아무것도 없었다.

"하아, 하아⋯⋯."

담이 결린 것처럼 어깨 뒤쪽이 심하게 뻐근했다. 불편하게 자다 보니 가위에 눌린 모양이었다. 꿈이었구나.

하지만 혼자라는 걸 확인하자 그 짜릿한 고요에 마음이 놓였다. 다시 자세를 잡고 누웠다. 무서워서 가위에 눌리다니, 애도 아니고. 담이 결렸지만 잘 수는 있을 것이다. 날이 밝으면 자연스레 긴장도 풀리겠지. 나는 예전처럼 스스로를 위로했다.

날씨가 춥지 않아 다행이라고.

지난봄, 지구온난화라는 말이 거짓인 것처럼 겨울보다 추웠던 때, 집에서 입김이 나오는 걸 처음 봤다. 몇 시인지도 모를 새벽, 말 그대로 내 방 안에서 입김이 났다. 이불이 얼어붙은 땅처럼 딱딱하고 차가웠다.

"조졌네, 이러다 진심 죽겠는데."

두려움을 쫓아내려 뱉은 말은 푸석한 사실이었다. 슬프거나 기쁜 것도 느껴지지 않았다. 주위에는 아무도 없었다. 그리고 그때 알아차렸다.

집이라는 건 가족이 없으면 이렇게나 아무것도 아니게 되는구나.

낯설었다. 모든 게.

나는 내 방을 천천히 둘러봤다. 한쪽 모서리에서 맞은편 모서리까지, 6평 남짓 될까. 좁은 공간에는 가난이 가득했다. 서둘러 자리에서 일어났다.

그날 나는 남들보다 조금 일찍 학교로 향했다.

"오늘도 일찍 왔네?"

복도에서 고개를 돌렸을 때 거기에는 언제나처럼 도빈이 있었다.

"어, 도빈. 뭐 하고 있었어?"

도빈은 청소 중이었다. 주번도 아니면서 왜 나온 거냐고 묻자 도빈은 그 누구도 자신이 여기에 있는지 모르는 기분, 새벽에 혼자라는 기분, 그 짜릿한 고요함을 느껴 보고 있다고 했다.

"야."

오전 다섯 시, 누군가가 나를 시끄러운 소리로 깨우는 게 어렴풋이 느껴졌다.

"야!"

"허억!"

곧바로 벌떡 일어났다. 호흡은 마치 지난밤에 악몽을 꿨을 때처럼 거칠었고 잠시 상황을 파악할 수 없었다. 서둘러 나를 깨운 사람을 바라봤다. 책상 위에 앉아 나를 무슨 도둑 보듯이 하는 여자애는 내가 아는 사람이었다. 아마 전교생 중 이 애를 모르는 사람은 없을 것이다.

"너, 전교 회장이지?"

전교 회장은 날 한번 쓱 보더니, 창가로 고개를 돌려 늘어지게 하품을 했다. 얘가 도대체 왜 내 앞에 있는 걸까, 정신 없이 주위를 둘러봤다. 전교 회장과 나, 아직은 어둡고 조용한 교실에 단 둘뿐이었다.

우선 호흡을 가다듬고 최대한 태연하게 행동하기로 했다. 해도 뜨지 않은 것 같은데 얘는 그냥 내가 일찍 왔다고 생각하는 걸까. 이렇게 빨리 등교하는 애도 있으니 앞으로 더 조심을……

"책 도둑이지, 너?"

잠이 다 달아났다. 애써 담담한 척 의자들을 정리하며 대답했다.

"뭐야, 그게?"

"그래? 소문 알긴 알 텐데. 아무튼 상관없어. 그냥 지나가

다가 의자가 이상해서 들어와 본 거고 책 도둑이면 선생님한테 연락하면 그만이야."

"그럼 됐네. 난 아니니까."

다행이다. 얘는 모른다. 하긴 정신을 차리고 생각해 보니 학교에서 의자를 붙여다 자는 사람이 있다면 호기심에라도 들어와 볼 것 같았다. 또 전교 회장이란 것만 알지, 서로 이름도 모르는 상태라 서둘러 가방을 챙겨 나가기만 하면 아무 일도 없을 것이다. 그렇게 다급히 자리에서 일어나려는 순간이었다.

"기다려."

내 기분은 상관도 없다는 것처럼, 추궁할 것이 남은 듯 책상에 앉아 다리를 꼬고 앉은 전교 회장이 의미심장하게 말을 이었다.

"학생회 여섯 시부터 교문 단속해. 그래서 내가 제일 먼저 오는 거고."

마치 두 번째 등교를 하는 내게 필요한 정보를 일부러 말해 주는 것 같았지만 나는 경계심을 놓지 않고 통명스럽게 대답했다.

"나도 알아."

"너 급식비 걸린 애 맞지? 급식 지도도 학생회가 해서 그때 봤어."

전교 회장이 그날 이야기를 했다. 사이렌 소리, 창피하고 수치스러워서 학교를 떠나고 싶다고 생각했던 기억이 다시 떠올랐다.

"그래서 어쩌라고?"

"이제 어디로 가게?"

"도대체 무슨 소리야?"

전교 회장은 태연한 척 짜증을 내는 나를 신경도 쓰지 않고 무심하게 주머니를 뒤지더니 잠시 후 무언가를 꺼냈다. 녹슨 열쇠였다.

"학교에서 아무도 안 쓰는 창고 열쇠야. 쉼마루 안에 작은 창고 있는 거 알지? 원래는 학생회 회의 장소였는데 학생회는 지금 도서관에서 회의하니까."

전교 회장은 책상에 미스터리한 열쇠를 두고 일어났다. 무슨 의미로 이러는지는 알 수 없었지만 순간 동정이라도 받은 건가, 하는 생각이 들었다.

"뭐, 불쌍하니까 교실에서 자지 말고 거기서 살라고?"

"거기서 뭘 살아, 너 여기서 잤어? 그냥 일찍 온 줄 알았는데."

눈꼬리가 각각 시계의 10과 2 정도로 올라가 있는 전교 회장이 퉁명스레 되물었고, 나는 제 발 저린 도둑처럼 당황해서는 말을 더듬었다.

"어, 아니, 그건 그렇지."

회장은 다른 여자애들에 비해 키가 컸고 눈이 매섭게 생겨서인지 맹랑하다고 느껴지는 인상이었다. 뭐랄까, 얼굴 자체가 복잡했다.

"공부도 잘하는 애가 왜 이렇게 어설퍼? 일단 일주일 살고 생각해 봐. 제안하고 싶은 게 있어. 오늘 만난 건 아무한테도 말 안 할 테니까 걱정하지 말고."

정신없고 피곤해서 기분이 별로라 그런가, 같은 고등학생 주제에 도빈처럼 '제안' 같은 단어를 쓰는 게 거슬렸다. 그래도 웃음기 없는 얼굴을 보니 다행히 자신의 말대로 내가 여기 있었다고 떠들고 다닐 것 같지는 않았다. 전교 회장이 문을 박차고 나가자, 뒷모습에 대고 다시금 급히 변명할 수밖에 없었다.

"야! 그런 거 아니라니까. 일찍 와서 좀 졸았어!"

아무도 없는 교실에 당황한 내 목소리만 울렸다. 울화가 치밀어 욕이 나오려다가 우선 우리 교실로 돌아가야 한다는 생각에 서둘러 열쇠를 챙겨 뒷문으로 향했다. 공부를 잘한다고? 회장은 나에 대해 뭔가 아는 걸까? 우선은 상황을 정리하고 계획을 해서…….

"아! 그리고."

이런저런 생각을 하며 뒷문을 열었을 때 회장이 앞문을 획 하고 열며 말했다. 각각 교실의 앞과 뒤에서 고개만 내민 모습이 마치 원점 대칭 같았다. 이상한 모양으로 꼬인 시선이 서로 마주쳤다.

"나는 신지혜야."

*

"준영, 이따 점심시간 농구 고?"

"아니. 노 고. 당장 할 게 좀 있어서."

전교 회장의 이름을 들어 버렸다. 노트에 '안일했다'고 적었다.

아무리 정리해 봐도 이런 생활에 익숙해지면서 너무 안일했던 거야. 학교에 갇혔을 때 느꼈던 누군가의, 그러니까 아마도 경비 아저씨의 무거운 시선, 신지혜와의 갑작스러운 만남을 생각하며 다시 노트에 이어 적었다. 집중, 두 번째 등교는 이제 절대로 그만.

수업에 집중할 수가 없었다. 큰 고민거리가 머릿속에 자리 잡아 다른 생각들을 밀어내고 있었다.

다른 애들도 같을까. 하긴, 비슷하겠지. 대학에 가려는 건 전부 마찬가지였고 그 생각이 계속해서 스스로를 떠미는 바람에, 지금도 톡방이든 SNS든 자기만 아는 커뮤니티 사이트든 화면 속에 숨어서 버티고 있었으니까. 다들 똑같다. 딱 이 시기에, 이유는 다르더라도 학교에서든 집에서든, 튕겨 나온다. 한 번쯤은.

여름이네. 조용히 읊조렸다. 교실의 조도가 오르고 꿉꿉한 냄새는 더욱 짙어졌다.

그리고, 너무 졸렸다.

지난밤을 그렇게 보내니 도저히 눈을 뜨지 못할 정도가 됐다. 지금은 조금 졸고 싶었다. 두 번째 등교를 계속 생각하기에는 너무 피곤하고, 배가 고팠으니까.

그러고 보니 두 번째 등교를 하게 된 계기는 전기가 끊겼던 그날에 있었지……. 나는 결국 고개를 숙인 채로 잠이 들었다. 아니, 그때를 또 생각했다.

겨울이 끝나 갈 때쯤이었을 것이다.

그날은 유독 추웠다. 새벽에 배가 고파 잠에서 깨어 냉장고를 열었다. 불도 들어오지 않는 냉장고 문을 열자마자 시큼하고 꿉꿉한 냄새가 흘러나왔다. 바로 문을 닫았지만 그 냄새가 집 안에 가득 찼다. 그리고 금방 사라졌다. 아니, 익숙해졌을 뿐 이 집에서 원래 이런 냄새가 났던 것처럼 구석구석 스미며 흩어졌다. 나에게서도 그런 냄새가 분명히 났다. 킁킁거리며 진원지를 찾았다.

아빠의 방이었다.

나는 곧장 교복 위에 겉옷을 두껍게 껴입고 현관문으로 향했다. 지금쯤이면 학교 문이 열리지 않았을까 싶어서였다. 또 도빈이 있지 않을까 했다. 아무튼 그날 학교 본관 유리문이 잠겨 있지 않다는 사실과 생각보다 많은 애들이 책과 동전 같은 쓸 만한 것들을 버린다는 사실을 알았다. 그리고 그런 게 사라져 봤자 아무도 신경 쓰지 않는다는 것도. 그러니까 누구도 그 물건이 이곳에 있었는지 모르는 것이다.

하지만 다음 날 집으로 돌아왔을 때 새엄마가 지갑만 둔 채 집을 나간 것을 발견했다. 난 곧장 도빈을 찾아갔다. 도빈은 내 이야기를 듣고 괜한 위로 따위는 하지 않았다.

"그럼 내 얘기 한번 들어 볼래? 제안할 게 있어."

도빈은 내게 구체적인 계획을 하나 말했다. 도빈의 계획에 함께하기로 하면서 그저 버티는 것을 넘어 돈을 모아야하는 이유가 생겼다. 그렇게 나는 더 이상 불쌍하지 않았고,

첫 번째 규칙을 만들었다.

두 번째 등교는 그런 식으로 시작됐다.

피곤함에 야자도 빠지고 바로 집 현관문을 열었을 때 역시 익숙한 냄새가 나고 있었다. 꿉꿉하고 시큼하고 쓰린 향이었다.

전기가 안 들어오니 무슨 동굴에 들어가는 기분이었다. 그렇기에 더욱 '다녀왔습니다.' 같은 것도 하지 않았다. 기다리는 사람도 없는데 괜히 민망하기도 했고.

하지만 오늘은 신발을 벗으면서 무언가 이상한 걸 느꼈다. 늘 현관에 있던 슬리퍼들이 발에 치이지 않았다. 다시 발로 쓱쓱 확인해도 슬리퍼는 없었다. 내가 너무 안일했다는 두려움이 다시금 뜨겁게 차올랐다. 결론은 하나였다.

아빠가 돌아온 건가?

버려진 아이 괴담

핸드폰 불빛에 의존해 집 안을 살폈다. 집을 나왔을 때와 마찬가지로 거실의 벽지들은 다 찢겨 있고 냉장고는 열려 있었다. 술병과 재떨이는 바닥에 굴러다녔다. 신발을 벗지 않고 안을 살폈다. 커다란 소파에 노트를 대충 찢어 쓴 쪽지가 하나 놓여 있었다.

사장님, 여기 계십니까? 어디로 가셨습니까?

쪽지는 그대로 두고 침을 삼켰다.
서둘러 안방을 확인했지만 별다른 건 없었다. 곧장 내 방으로 향했다. 원래 살던 집에서 옮겨 온 내 컴퓨터가 없어져 있었다. 책이나 옷가지는 그대로였다. 다른 방도, 부엌이라고 부르기 애매한 곳도, 그냥 벽도, 썩은 냉장고도. 하지만 컴퓨터가 없다. 시놉시스, 써야 하는데.

원래도 여기서는 쓰지 못했겠지만, 그래도 컴퓨터는. 그러니까 여기 있는 내 컴퓨터는, 내가 선을 넘어가더라도 반드시 돌아올 수 있게 해 주는 이정표였는데. 유일하게 숨을 곳이었는데.

순간 무언가 울컥했다. 이제 더 이상 집은 안전하지 않았다. 꼭 전기가 끊겼던 그날처럼 계획되지 않은 감정이 깊은 곳에서부터 시큼하고 역겹게 올라왔다. 나는 곧장 옷가지들을 가방에 가득 담고 화장실에서 수건과 세면도구를 챙겼다. 그리고 전교 회장이 준 열쇠를 가방에 챙겨 넣었다. 나가자. 실패의 냄새가 나지 않을 곳으로.

집을 나가는 거야.

생각해 보니 그날과 상황이 비슷하긴 했다. 다른 점이라면 컴퓨터가 없다는 것과 이번엔 정말 집에서 나가고 싶은 마음이 가득하다는 것. 나는 다시 현관문을 나설 수밖에 없었다. 그렇게 다시 하지 않겠다던 두 번째 등교를 또 시작했다.

여기 있어서는 안 된다. 견딜 수 없을 것이다.

난 아빠가 어디 있는지 알고 있으니까.

*

아까는 오지 않던 비가 내렸다. 매섭게 내리지는 않고 그
저 보슬보슬 서럽게 흩날리고 있어 우산을 쓰지 않았다. 아
니, 보슬비가 서러운 건 아니었다. 서러운 건 나였다.

갑자기 신이 났다. 왜인지는 잘 모르겠다. 나는 발을 박차
며 뛰기 시작했다. 웃음이 허공 속에 지워졌다. 어딘지 모를
길들을 미친 듯이 달렸다.

비보다 빠르게. 도망치는 것처럼.

학교 정문 앞에서 회장이 준 열쇠를 가방 옆 주머니에 고
이 넣었다. 주로 이용하던 쪽문은 잠겨 있었기 때문에, 어디
가 담을 넘기 좋은 곳인지, 어디가 발 디딜 곳인지 찾았다.
비 때문에 무척 미끄러웠지만 커다란 철문의 경첩에 그럭저
럭 발을 끼우고 넘을 수 있을 것만 같았다. 철문 너머의 우중
충한 학교를 바라봤다. 이곳에 들어가면 집을 나올 수 있다.
우선 가방을 던져 문 위로 넘기고 겨우겨우 매달려 학교 안
과 밖을 나누는 담을 넘었다. 그리 높지는 않았지만 넘어가

다 옷이 다 젖어 버렸다. 손을 닦은 후에 숨을 한 번 골랐다.

초여름 새벽의 싱그러운 비 때문인지, 바람 때문인지, 아니면 옷이 다 젖어서인지 아무런 냄새도 느껴지지 않았다. 찰박거리는 발소리에 주의하며 쉼마루로 향했다. 다른 생각도 그만하기로 했다. 사용 가능한 열쇠인지도 모른 채 무턱대고 나온 건 잘못이었지만 지금은 어쩔 수 없다.

"쉼마루 안쪽이라고 했지."

회장이 말한 쉼마루는 이름과 달리 중앙 통로 구석에 있는 빈 공간에 부서진 책상이나 의자를 모아 두는, 흡사 쓰레기장 같은 곳이었다. 하지만 으스스하게 추워지는 날씨에 일단 어디든 들어가 몸을 쉴 수 있다면 좋을 것 같았다. 걷고 걸어서 쉼마루 앞에 도착하자 회장, 아니 신지혜가 말한 곳이 어딘지 바로 알 수 있었다.

평소에 급식실로 가는 통로일 뿐이라 몰랐지만, 부서진 책걸상으로 가려진 안쪽 벽에 작은 나무 문이 있었다. 그 안에 꼭 누군가 시체나 보물이라도 숨겨 둔 양 비밀스럽게 느껴지기까지 했다.

"저런 게…… 있었는지도 몰랐네."

이제 돌아갈 곳이 없다. 침을 한 번 삼키고 묵묵히 책걸상을 치워 나가기 시작했다.

그렇게 얼마나 지났을까, 길이 생겼다. 가방에서 열쇠를 꺼냈다. 넣었을 때는 몰랐는데 자세히 보니 끝 부분에 녹이 심하게 슬어 사용 가능한지도 의문이 들었다. 게다가 배고플 때 힘을 써서인지 손이 떨려 왔다. 그럴수록 저 문으로 들어가야 내가 안전할 것 같은 기분이 본능적으로 들었다.

철컥 소리를 내며 무겁게 열린 나무 문은 아주 오랫동안 잠겨 있던 모양이었다. 바깥보다 훨씬 어두운 공간. 나는 순간 누군가 볼까 봐 들어온 길에 다시 아무렇게나 의자를 쌓아 문 앞을 막았다. 그리고 핸드폰 불빛에 의지해 더듬거리며 안쪽 탐험을 계속했다. 생각보다 습하지 않았고 어둡다 뿐이지 깨끗했다.

대략 가로로 한 명, 세로로 두 명이 누울 수 있는 정도의 크기였다. 문과 마주 보는 벽에 달린 좁은 나무 문을 열자 보일러 기계가 있었다. 협소하고 먼지만 가득한 곳이라 바로 문을 닫았다.

"이건 책상이네."

중앙에 놓인 커다란 책상을 살폈다. 도서관에 있는 것과 같은 책상은 역시 별다를 게 없었다. 한참 벽을 더듬거리다 어디선가 빛이 조금씩 들어오고 있다는 걸 깨달았다. 환기구였다.

구석에 오래된 컴퓨터가 하나 놓인 책상이 있었다. 오른쪽 구석에 놓인 컴퓨터, 그리고 그 위로 한 번도 닦지 않은 것 같은 더러운 환기구.

"저기구나."

이곳에서 공기가 통하는 건 내가 들어온 문과 조그마한 환기구 창뿐이었다. 나는 환기구 위에 교복 상의를 덮어 숨만 쉴 수 있게 틈을 만들어 놓았다. 이러면 공기도 통하고 빛도 새어 나가지 않겠지. 서둘러 컴퓨터를 켰다.

어린애가 새벽에 몰래 게임을 하려는 것처럼 조마조마한 기분이었지만 본체가 윙윙거리더니 이 좁은 곳이 순식간에 컴퓨터 불빛으로 가득 찼다. 이제야 이곳이 전부 눈에 들어왔다. 컴퓨터 불빛으로 전부 볼 수 있을 정도로 작고 협소한, 버려진 학생회실. 먼지가 자욱한 공간에 차오르는 빗소리. 시원하고 아늑한 곳.

순간 책상 표면에 까끌까끌한, 무언가 파인 부분이 느껴졌다. 글씨였다.

"에트레?"

잘 보이지 않지만 칼 따위로 긁은 'etré'라는 흔적이 있었다. 누가 또 낙서를 해 놓은 것이겠거니 하고 무시했다.

책상에 가방을 놓고 짐을 정리했다. 수건과 세면도구를 놓을 공간이 없어 우선 책상에 잘 모셔 뒀다. 책들은 모니터 옆에 세워 두고 키보드로 까끌까끌한 낙서를 가렸다.

"나름 괜찮네."

얼굴에 흐르는 땀인지 비인지 모를 것을 닦으며 한숨처럼 말을 뱉었다. 컴퓨터에 뭐가 있는지는 내일 확인하자. 여기에는 아무도 없다는 티를 완벽하게 내기 위해서 다시 문 밖으로 나갔다. 책걸상들을 바깥부터 견고하게 쌓았다. 전처럼 뒤죽박죽 얽혀 있으면 드나들기 어려우니까, 기어서 들어와 바로 문을 열 수 있도록 책상을 아래에 줄지어 깔고 그 위에 의자들을 섞어 얹었다.

이제 확실하게 안과 밖이 나뉘었다. 안도감에 꺼지듯 한숨을 내쉬었다. 이불 같은 짐은 앞으로 필요한 만큼만 조금씩 가져오고 경비 아저씨의 이동 시간을 구체적으로 파악하면 더 이상 눈치 보며 담을 넘는 일 따위는 하지 않아도 될 것이다.

여기서 입시가 끝날 때까지 버티기만 하면. 또 컴퓨터도 있으니, 인터넷은 둘째 치더라도 시놉시스를……

"아……."

더는 이곳의 어둠이 무섭지 않았다.

"이제부터 여기가, 내 집이야."

*

여름, 난 학교에서 살게 됐다.

다음 날 아빠 집에서 베개를 가져왔다. 그다음에는 이불, 작은 서랍과 옷가지, 또 옷걸이. 다음 날엔 빨랫비누와 테이프, 가위 같은 잡동사니. 내가 사는 데 필요한 물건들을 쌓아 놓다가 이 집에 들어온 지 6일째 됐을 때, 나는 두 번째 규칙을 만들었다.

둘째, 그림자가 조금이라도 있다면 불을 켜지도, 밖으로 나가지도 않는다.

"경비 아저씨는 뭐 다른 얘기는 안 한 것 같고, 다시 밤에 교실로 들어갈 방법을 찾기만 하면 되겠네. 안 걸렸어. 물론 소문도 사라졌고. 아니, 소문이 바뀐 건가?"

저번과 한 가지 다른 점이 있다면 책 도둑 소문이 사라졌다는 것이다. 그 대신 가난한 집에서 버려진 아이가 밤만 되면 학교에 나타난다는 허무맹랑하고 유치한 이야기가 잠깐 퍼졌다.

나는 피식 웃을 수밖에 없었다. 부모에게 버려진 아이가 교복을 주워다 학교에 몰래 숨어 살고 있다거나, 출석부에 자기 번호가 없는 학생이 있다는 등의 불쌍한 소문들. 하지만 아무도 그 결말을 모른다. 아무도 관심을 유지하지 않는다.

그냥 더 자극적이고 재미있는 것만 찾다가, 재미없는 곳에서는 벗어난다. 그리고 어디든 소란하지 않은 곳에 숨는다. 그게 피드든, 방이든, 쉼터든. 이유는 다 다르더라도 분명 한 번쯤은.

학교에 이런 식으로 만들어진 미스터리가 가득하다는 게, 다른 중요한 게 많아서 아무도 그걸 신경 쓰지 않는다는 게, 그렇기에 정작 소문의 진실은 모두가 알지 못한다는 게, 선을 넘어 밖으로 나올수록 선명하게 보였다.

"버려진 아이라니, 상상력들하고는."

그저 물을 마신 후 컵을 정수기 앞에 그냥 둬서 생긴 웃긴 괴담일 뿐인데. 학교가 내 집인데. 너무 어이가 없어서 조금 소리를 내서 웃었다.

버려진 게 아니라 내가 나온 건데.

그렇게 장마가 오기 전까지 일주일이 몰래몰래 지났다.

그것 좀 훔쳐 와

학교에서 살고부터 이 '집'에 구석구석 이름 붙이기 시작했다. 책걸상이 쌓여 있는 곳은 현관, 현관을 포함한 쉼마루는 거실, 안쪽 보일러실은 베란다, 중앙에서 책상이 있는 쪽 벽까지는 내 방, 그 맞은편 벽까지는 안방.

한 공간을 두고 방을 나누며 우긴 것은 그냥 방이 두 개 딸린 집이라 여기고 싶었기 때문이었다. 나도 나름대로 나만의 피드를 꾸미는 거랄까.

지금은 그 누구에게도 말할 수 없고, 좋아요가 눌리기는커녕 아무도 궁금해하지 않겠지만 이렇게라도 이름을 붙이지 않으면 그냥 잔가지 모아다 만든 새 둥지나 다름없을까 봐 그랬다. 그나저나 새들도 나뭇가지를 기준으로 이름을 붙일까? 이건 주방이야, 여긴 안방이야, 이러면서.

하늘을 제집처럼 날아다니는 새들도 새끼 때는 저마다 태어난 둥지가 있었던 것처럼, 여기는 내가 자유로워지기 전에 잠시 머무르는 공간이다.

누구에게나 집이란 그런 것이지 않나. 우리에게는 학교가 그런 건가. 도빈이 내게 했던 말 중에 이런 게 있지 않았나?

"아, 집 가고 싶다."

"오늘 야자 쨀래?"

"아니. 그나저나 그 얘기 들었음?"

왜 저렇게들 학교를 못 떠나서 안달이 난 건지. 교실 안에서 애들이 떠드는 소리에 웃음이 났다. 학교에서 산 뒤로 가장 큰 변화가 있다면 더 이상 학교가 학교처럼 느껴지지 않는다는 것이다. 안과 밖을 구분하는 선이 사라진 상태랄까.

밝은 톤의 인공 대리석이 더는 딱딱하게 느껴지지 않았고 선생님들은 그냥 집에 자주 놀러 오는 삼촌이나 이모 같았다. 등교와 하교가 따로 없다 보니 교실에서도 친구들이 그냥 내 집에 놀러 와 자기들끼리 잘 놀다가 각자의 집으로 시간 맞춰 돌아가는 것 같았다. 그러니 집에 가고 싶다느니,

학교를 나가고 싶다느니 하는 말에는 더 이상 공감이 가지 않았다.

"준영, 내가 말한 과외 다시 생각해 봤음?"

오늘도 두홍이 먼저 다가와 말을 걸었다. 자꾸 무슨 영어 과외를 받자는 것이었다.

"야자나 튀지 마."

"그럼 주말에 농구 고?"

"노 고. 약속 있어. 그리고 주말에는 집에 좀 붙어 있어라, 두홍."

"아, 그건 또 어렵지. 집에서 할 게 없거든. 도빈이 얘기는 뭐 들은 거 없어?"

"아직은. 그때 우리한테 온 엽서가 다야."

"그려. 대학 갈 생각 없다고 했었지."

두홍이 킬킬거리며 웃어넘겼다. 자신도 대학에 갈 생각이 없는 것처럼.

"너도 도빈이도 연락이 안 되니까 갑갑하긴 하다. 요즘은 너네 계정에 남아 있는 사진이나 가끔 본다니까. 우리 처음 만났을 때나, 중학생 때."

"그런 걸 왜 봐?"

"그냥 가끔. 심심할 때 향수를 느끼는 거지."

"늙은이냐? 잠깐 네 폰 좀."

두홍은 내게 자신의 핸드폰을 빌려줬다. 난 내 계정으로 들어가 아무도 들어오지 못하게 계정을 비공개로 바꿔 버렸다. 몇 번의 손가락질로 내가 처음 만들고 꾸몄던, 그리우면 찾아가던 페이지가 하나 사라졌다.

"야, 나 본다니까."

"그래서 비활한 거야. 누가 볼까 봐."

처음 핸드폰이 끊겼을 때는 나도 저런 표정이었겠지. 두홍은 섭섭한 표정으로 자기 핸드폰을 가져갔지만, 이제 상관없었다. 나는 다른 공간을 꾸미기에 바쁘다. 내가 진짜로 속한 곳. 학교의 밤.

밤의 학교는 내 생각보다 훨씬 재미있는 일들이 많았다. 일단 남의 반에 마음대로 들어갈 수 있다는 자체로 묘한 짜릿함이 있었다. 아무도 내가 여기서 산다는 걸 모르고, 앞으로도 신경 쓰지 않을 테니까. 꼭 늦은 밤에 방 안에서 불 꺼 놓고 영화를 몰래 볼 때처럼. 영화가 아니라 몰래 보는 게 재밌는 거다.

"두홍, 영화 좋아함?"

갑자기 생각이 나서 물었는데 두홍은 시큰둥했다.

"영화는 도빈이가 말했던 거 아니면 안 봄. 그럴 바에 농구를 하지. 영화는 도빈이랑 네가 좋아하지 않았나? 왜, 컴퓨터에 영화 받아 놓은 거 많다고 했잖아."

"내가 그랬었나?"

"어, 둘이 비슷한 영화 좋아한다며. 도빈이가 본 건 너도 다 가지고 있다고. 뭐더라? 제목이 생각 안 나네. 학교에 좀비가 나타난다는 내용이었는데. 도빈이랑 네가 그 영화랑 비슷한 단편 만들었다고 계속 떠들었잖아. 네가 운동하니까 주인공이었고."

"맞다, 그게 컴퓨터에 있었지."

"아, 과외 샘이 테스트 때문에 모의고사 문제집 가져오라 그랬는데. 혹시 남는 거 있음? 작년 것도 괜찮으니까."

두홍이 책상에 농구화를 올려놓고 이리저리 만지며 말했다. 두홍이 드디어 공부하려고 노력한다는 생각에 기쁜 마음으로 문제집을 두홍에게 건네며 물었다.

"두홍, 그나저나 농구부 계속할 거야?"

"어, 신입생 받을 때까지는 가려고. 애들 모아 봐야 반 코트 뛸 인원도 못 구해서."

"과외도 하는 거면 시간 없긴 하겠네. 아무튼 난 면학실 간다."

"기다릴까? 집에 같이 가자고 하면 맨날 안 된다고만. 아,

너 혹시…… 여친 생김?"

두홍이 장난을 섞어 물었지만 거절할 수밖에 없었다. 오늘은 신지혜가 찾아온다고 했던 날이다. 킬킬거리는 두홍에게 나 역시 가볍게 웃으며 대답했다.

"집에나 좀 가라."

그렇게 하루가 또 끝났다.

아니, 내 하루는 밤에 시작된다.

서둘러 가방을 정리해 면학실에서 집으로 갈 준비를 했다. 신지혜는 결국 찾아오지 않았다. 밀린 집세를 받으러 오는 집주인처럼 언제 들이닥칠지 몰라서 더 무섭긴 했지만 약속한 오늘이 아무렇지 않게 지나고 있었기에 불청객이 사라진 것일 수도 있다는 생각이 들었다. 어쨌든 신경 쓰지 않겠다고 마음을 먹자마자 신지혜가 나타났다. 신관 근처의 구름다리에 몸을 삐딱하게 기댄 채로.

신지혜를 마주치자 잘못한 것도 없는데 얼굴이 벌게졌다. 다른 애들이 신지혜와 날 번갈아 보더니 수군거리며 교문을 나갔다. 우리 둘은 빈 교실에 불을 켜고 들어갔다.

"야 이준영, 여기 앉아. 너 핸드폰 없어?"

신지혜는 다짜고짜 짜증을 냈다. 하지만 마치 부모가 자식 걱정하는 듯한 말투에 나는 내 민망함이 두려움이나 놀람 때문이 아니라 고마운데 짜증 나는 묘한 기분 탓이라는 걸 깨달았다. 나는 어물쩍 고개를 숙이고 답했다.

"있긴 한데, 전화는 수신도 안 돼."

신지혜는 웃지도 않고 계속 어물거리고만 있는 내게 말했다.

"그럼 그건 됐고, 다시 가 봤더니 잘 살고 있더라, 너? 수건도 말려서 쓰고. 그래도 움직이는 건 조심했어야지. 소문은 왜 그따위로 나 가지고."

묘하게 나를 탓하는 말투와 내가 처한 상황에는 전혀 관심이 없어 보이는 태도 때문에 나도 모르게 순간 노크도 없이 방에 들어온 엄마에게 짜증 내듯 대답했다.

"왜 남의 집에 말도 안 하고 들어가? 열쇠가 또 있어?"

"그럼 내가 열쇠를 그냥 넘겨 줬겠어? 열쇠는 어디까지나 내 제안을 들어줬을 때의 대가야. 내가 네 핸드폰 번호 알고 있는 건 안 이상해?"

신지혜는 표정을 구기고 말했다. 같은 나이에 자기가 뭐라도 되는 줄 아는지, 정말 대화하기 싫은 부류다. 나는 화를 꾹 참고 대답했다.

"됐어. 번호는 어떻게든 알아냈겠지. 그래서 네가 할 제안이라는 게 뭔데?"

"너도 수건 널고 잘 살고 있고 이제 서로 이름도 알았겠다, 나도 좀 급하겠다, 진짜 제안을 하려고. 간단히 해 줄 일이 있어. 이 학교에다 '버려진' 아이야."

"미친."

반사적으로 욕이 튀어나왔다. 소문은 왜 그렇게 나 가지고.

일전의 대화로 미루어 봤을 때 신지혜가 어지간히 제정신이 아닌 건 알았지만 기대 이상이었다. 사납게 한 화장과 손가락마다 낀 반지, 칼같이 다려져 있는 교복을 일부러 걸치듯 입은 모습. 모두 전교 회장이라는 역할과는 안 어울렸다.

"뭐?"

내가 계속 쳐다보자 신지혜가 퉁명스럽게 대꾸했다. 슬슬 얘가 나한테 무슨 제안을 할지 두려워지기 시작했다. 위험하거나 이상한 걸 시키면 어쩌지. 게슴츠레 삐쭉 뜬 눈으로 신지혜가 의미심장하게 말했다.

"이제 현실적인 이야기를 해 보자. 난 네가 거지여도 상관없고 진짜 버려졌든 말든 관심 없어. 너도 나 신경 안 쓸 거고. 이런 게 더 편하지?"

"아니, 그건 아닌데."

"개소리하네. 야, 웬만한 애들은 나랑 눈도 못 마주쳐. 네가 그 미친 책 도둑이 아닌데도 이렇게 나랑 얘기하고 있는 걸 보면 너도 보통은 아니라는 거지. 넌 소문의 책 도둑이 맞아. 아, 이제는 버려진 아이지만."

그게 도대체 무슨 소리야,라고 대답하려다 고개를 흔들고 다시 정리해서 말했다.

"네가 싸가지 없다고 생각하긴 했어. 제안이란 게 뭔지나 빨리 말해. 내가 할 수 있는지 모르겠지만 일단 들어나 볼게."

신지혜는 내 얘기를 듣고 깔깔 웃더니 말했다.

"아직 뭘 착각하나 본데, 나도 너 되게 거지 같다고 생각해. 그래도 계획에 필요하니까 이렇게 열쇠도 준 거지. 내가 싸가지 없다는 건 인정."

나는 짜증이라기보다 묘한 동질감을 느꼈다. 신지혜와 나는 같은 부류의 인간인데 다른 세상에서 살고 있다 만났다는 생각이 들었다. 공부를 포함해 사소한 것에 신경 쓰지 않는 느낌. 뭐, 둘 다 아무튼 좀 미쳤고.

"뭔데?"

나는 긴장이 풀려 편하게 물었다. 그렇게 나쁜 애도 아닌 것 같고. 어쨌든 범죄가 아니라면 제안을 받아들이자고 생각하면서.

"간단해. 책 도둑이라는 건 비밀로 해 줄 테니까, 내가 말하는 거……."

그리고 곧장 후회했다.

"그것 좀 훔쳐 와."

신지혜

　전교 회장 후보로 신지혜라는 이름을 처음 들었다. 희미하게 기억나는 공약으로는 여자 화장실을 더 늘리겠다, 야간 자율 학습 성취도를 올리기 위해 멘토제를 실시하겠다, 교복을 바꾸겠다 등이 있었던 것 같은데 당시에는 집에 찾아온 빚쟁이 때문에 다른 데에 큰 관심을 둘 수 없었다. 그냥 저런 애도 있구나 싶었다. 나중에 들으니 선거가 끝난 뒤 멘토제 빼고는 지켜진 공약이 없다고 해서 참 이상한 애라고 생각했던 기억만 있다.

　신지혜보다 교문 앞에서 늘 개를 쳐다보던 아줌마가 기억난다. 처음에는 그냥 우연이겠거니 싶었지만 아줌마는 선거가 끝날 때까지 교문 앞에서 신지혜를 지켜보고 있었다. 감시하고 있다는 느낌이었고 묘하게 이질적이었다.

신지혜는 공부를 그렇게 잘하는 편이 아니고 일주일 내내 봉사 활동이나 대외 활동, 혹은 대학교 설명회 같은 곳을 다닌다는 사실을 알게 됐다. 학생회 회의를 도서관에서 하자고 제안한 게 신지혜였다는 것도. 그 후로 도서관에는 늘 학생회 애들이 있었고 책장 위치도 맘대로 옮겨 자신들만의 아지트로 사용하고 있다는 소문도 들렸다. 그러고 보니 신지혜라는 이름은 담임 선생님과 상담할 때도 뜬금없이 튀어나왔다.

"내신도 나쁘지 않고, 모의고사도 잘 나오고. 정시랑 수시 둘 다 넣을거지?"

"아직 잘 모르겠어요. 운동은 때려치웠고 논술은 해 본 적이 없어서."

"그럼 정시만 넣게? 에이, 그건 안 되지. 네가 운동으로 한 게 있는데. 그리고 논술은 내가 봐 주잖아."

"원서비도 비싸고 시간이 없어요."

수시 원서비는 대학 하나에 8만 원쯤, 정시 원서비는 다 합쳐서 13만 원 플러스알파. 일주일에 2만 3천 원만 쓸 수 있는 나로서는 어림도 없는 비용이었다. 선생님은 또 배드민턴 채로 내 팔을 톡톡 치며 말했다.

"좀 더 전략적으로 생각해야 해. 돈은 선생님이 알아서 할 테니까."

"선생님, 돈 많아요?"

"없지. 나 월세 살아. 그래도 돈은 없지만 시간은 많다."

선생님 표정이 급속도로 어두워졌다. 나이와 맞지 않게 늙어 버린 느낌이었다. 화제를 돌리려는 듯 선생님이 말했다.

"말이 그렇다는 거지, 인마. 희망 대학 쓰는 건 채워 왔어?"

"아직이요. 쓸 게 없어서."

"일단 원서비는 걱정 말고 빨리 써 와. 대학이랑 전공도 정하고. 아 참, 급식비는 장학금 명목으로 들어갈 거야. 대신 네가 그 멘토제인가 뭔가 하는 걸 해야 해."

"멘토제요?"

"전교 회장 신지혜가 만든 거 있잖아. 면학실에서 후배 도와주는 거."

"아, 들었던 것도 같아요. 해야죠. 밥도 먹고."

선생님은 시큰둥한 내 대답에 배드민턴 채로 뒤통수를 긁었다. 내가 아무 말도 안 하고 있자 선생님이 낮고 심드렁한 목소리로 덧붙였다.

"대학 상담을 할 바에 연애를 한 번 더 하는 게 낫지."

"선생님 결혼하셨잖아요."

"나 말고 너, 인마! 대학도 좋지만 인생에서 진짜 중요한
건 학창 시절에 하는 연애라고. 막 싱그럽고 우수에 차고 그
런 거. 아무튼 이제 나가라. 자, 밥이나 먹고."

선생님은 만 원짜리 두 장을 건넸다. 나는 넙죽 돈을 받으
면서도 선생님이 잘 이해되지 않았다. 학창 시절이라느니
싱그럽다느니 하는 낯간지러운 소리에 내가 속하지 않았으
니까. 나는 훨씬 더 조용하고 어두운 곳에 있다.

아무튼 신지혜는 나와는 참 다른 애다 싶었다.

"네. 감사합니다."

물론 인사를 하고 교무실에서 나왔을 때 그 이름은 완전
히 까먹었다.

"그것 좀 훔쳐 와."

그런 애가 나에게 학교 열쇠를 주고 도둑질을 시키고 있다.

"그게 무슨 소리야?"

"간단해. 진짜 버려진 아이도 할 수 있는 일이야."

"아니, 이걸 왜 해야 하는 건데?"

"아니면 열쇠 도로 내놓을 거야?"

다른 애들이라면 딱 잘라 거절할 얘기지만 나에게는 집

이 걸려 있는 문제라 진지했다.

"이유는 좀 길어서 나중에 말할게. 그냥 대학 가려고 하는 짓거리라고 생각해. 훔쳐야 할 건 우리 학교 전교 1등 책이랑 걔가 가지고 있는 노트. 넌 면학실 멤버니까 쉬울 거 아니야. 네 생활 시간표랑 일기도 줘."

그걸 어디에 쓰든 내 알 바는 아니지만 나는 고개를 절레절레 흔들고 말했다.

"면학실에 있다고 해서 다른 사람 물건 훔치는 게 쉽지는 않아. 내 시간표는 왜? 누가 시킨 거야?"

말이 길어지자 신지혜는 짜증이 난 눈치였지만 그건 나도 마찬가지였다. 결국 신지혜가 마치 비밀 이야기라도 하는 것처럼 소곤소곤 말했다.

"코디."

"그게 뭔데?"

"과외랑 비슷한 거야. 유행이래. 아무튼 난 입학 사정관제 리더십 전형 준비하고 있고 나에게 부족한 건 성적이 아니라 이야기야. 날 어필할 이야기. 그래서 코디 선생님이 스토리 짠 거지. 멘토제 실시로 가난하고 불량한 학생을 잘 이끌어서 함께 대학에 간 스토리. 넌 그 이야기의 주인공 역이고."

면접이나 서류에서 말 한마디 더 보태려고 이야기를 만드는데, 그걸 돈 주고 고용한 코디 선생님이 시킨 거다?

"넌 그게 말이 된다고 생각하냐?"

어이가 없어 묻자 신지혜는 단호하게 대답했다.

"어."

신지혜의 목소리가 다시 커졌다. 눈은 꼭 내가 집을 나올 때처럼 치켜뜨고.

"대학 가려면 뭐든 해야지."

나는 확신에 가득 찬 그 말에 잠깐 대답하지 못하다가 이내 수긍했다.

"그건 그렇지."

하긴, 생각해 보면 요즘 같은 세상에 나처럼 입시를 있는 그대로의 성적과 접수 비용만 따져서 준비하는 애가 어디 있을까 싶었다. 신지혜가 펼쳐 놓은 내 노트에 끄적거리며 무언가 덧붙였다. 마치 신지혜가 말하는 코디, 그러니까 일종의 과외를 받는 것 같은 느낌이었다.

"그냥 공부 잘하는 애 노트면 안 돼. 걔가…… 아니다. 그냥 있는지 보고 가져오기나 해. 분명히 있어. 만약에라도 없으면 이 스토리는 그냥 끝인 거고. 코디 선생님이 말한 대로 열쇠도 미리 구했는데 때마침 네가 급식실에서 걸린 거야."

뭔가 석연치 않았지만, 신지혜가 왜 나에게 접근했는지는 확실히 알게 됐다. 신경 써서 지켜본 게 아니라 별다른 뜻 없는 우연이었다.

"그래서 결국 훔쳐 오라고?"

"어, 기왕 이렇게 된 거 버려진 아이는 그대로 가자. 일기는 학교에서의 생활을 있는 그대로 쓰고 가져다주면 돼. 1등 노트는 보기만 하고 다시 가져다 놓을 거고, 걔한테는 전혀 피해 안 가게 할 테니 걱정하지 마. 그럼 코디 선생님이 알아서 해 주시겠지. 질문?"

"노트는 걔한테 그냥 빌려 달라고 하면 줄 것 같은데. 굳이 추잡스럽게…… 내가 쓰는 일기는 따로 없지만, 실기용 시나리오 초안은 있어. 그런데 진짜 그걸로 대학에 갈 수 있다고? 너무 불쌍하고 잘난 척하는 얘기 같은데."

내가 정말 궁금해서 묻자 신지혜가 귀찮다는 듯이 대답했다.

"1등은 노트 안 빌려줄걸. 그리고 입학 사정관에게 일일이 증명할 필요는 없어. 만약 있더라도 코디 선생님이 다 해 주는 거고. 대학 가려고 이빨 안 까는 애가 요즘 세상에 어디 있냐?"

수긍할 수밖에 없었다. 하지만 제안에는 아직 결심이 서지를 않았다.

"아무리 피해를 안 준다고 해도…… 선을 넘는 건데."

나는 잠시 생각을 정리했다. 신지혜의 제안은 간단했지만 도빈이 우리에게 했던 제안과는 전혀 달랐다. 무언가 다른 속내가 있는 게 느껴졌다.

도둑질, 즉 나쁜 짓을 할 것. 그리고 전교 회장의 자율적인 봉사로 착한 아이가 되었다는 이야기의 주인공이 될 것. 이대로 괜찮을까? 이렇게 하면 대학에 갈 수 있다고? 나는 의심을 지우지 못한 채 다시 물었다.

"1등이라는 애, 책이랑 노트에 뭐가 있는 건데?"

"그냥 공부한 게 적혀 있겠지. 막 찢어 버리고 그러려는 거 아니야. 그리고 다른 내용이 있더라도 넌 알 것 없잖아?"

얘가 무슨 일을 꾸미든 들키지 않고 무사히 돌려준다면야 괜찮지 않나? 난 내 집만 지키면 되니까. 신지혜가 툭 하고 던지듯 말했다.

"빨리 선택해. 그러니까 정리하자면 나는 훌륭한 전교 회장이 되고 넌 살고. 딜?"

아니지, 넌 이미지를 만들고 난 좀 더 버티는 거지. 대학에 가기 위해서, 버티기 위해서 이렇게까지 해야 하는 걸까?

순간 선생님에게 털어놓고 함께 고민해 볼까 했지만 그만

됐다. 우리가 속한 상황을 어디서부터 설명해야 할지도 모르겠는 데다, 선생님은 또 연애 이야기나 하겠지. 어른이 이해하기에는 우리들의 학창 시절은 너무 보잘것없으니까.

교실은 점점 더 깨끗하지 못한 미스터리로 가득 차고 있었다. 선을 간당간당하게 타고 있는 느낌이 들었다. 이제 진짜 도둑이 되는 건가, 이대로 살면 아빠처럼 되는 건 뻔한가,라고 생각할 때쯤 신지혜의 마지막 말에 난 결심을 굳힐 수밖에 없었다.

"엄마가 돈도 좀 주긴 할 거야."

이건 완전히 플러스알파였다.

"……언제부터 하면 되는데?"

범죄자 엔딩

얼마 후, 두홍과 급식실에서 밥을 먹고 있었다.

"준영, 나처럼 쉬는 시간 기다리다 농구나 할 애들은 학교에 안 나오는 게 더 낫지 않겠냐? 시간 대비 밀도가 너무 낮아."

"그거야 네가 학교 와서 농구만 하니까 그런 거고."

"학교에서 할 게 뭐 있냐. 여자애들처럼 운동장이나 빙글빙글 돌아다닐까? 삼 년쯤 되니까 이제 질려. 너무 심심해. 집에서는 더 그렇고."

"그건 공간 대비 밀도가 너무 낮지. 갈 곳 없으면 대학이나 가."

하긴 학생 중에 학교를 좋아하는 애가 몇이나 될까 싶었다. 두홍은 또 킬킬거리며 말을 이었다.

"난 대학 가기엔 늦었어. 도빈이 제안에 쓸 돈이나 벌어야지."

"그것도 그렇긴 하지."

도빈의 제안에는 돈이 들었다. 그게 우리가 학교에서 버티는 것을 넘어 플러스알파를 모아야 하는 이유였다.

"생각하니까 또 질린다. 차라리 기숙사 있는 학교에 들어갈 걸 그랬나 봐. 그럼 갇혀서 공부라도 했겠지."

"그럼 기숙사 운동장에 있는 농구대에서 살았겠지. 다 먹었으면 가자."

"어디로 가야 하나."

두홍은 혼잣말하며 농구공 주머니를 들고 자리에서 일어났다. 멀리서 같은 반 애들이 매점에 가자며 우리를 불렀다.

"애들이 부른다. 뭐야, 여긴 왜 베였지?"

"뭐야, 다침? 별거 아니네. 그냥 교실로 가자, 준영."

우리는 애들에게 손을 젓고 곧장 교실로 향했다. 쉼마루 앞을 지나며 내가 두홍에게 물었다.

"농구부는 어떻게 됐어?"

"모르겠어. 애들도 다 공부한다고 안 나오고."

"농구부 가서도 할 건 없잖아? 체육관 바닥이나 닦지."

나와 두홍은 급식실 앞에 줄을 서 있는 1학년들을 보며 웃었다.

"너도 요즘 야자 때 잠만 자면서 뭘 그러냐? 과외나 같이 가자니까."

"야, 안 한다니까. 선생님이 이것저것 다시 써 오라셔서. 시나리오…… 아, 학교도 정해야 해."

내가 재차 거절하자 두홍은 농구공 가방 줄을 길게 늘어뜨려 발로 차며 걸었다. 그때 농구부 후배들이 저 멀리서 두홍에게 인사했다. 두홍은 손을 크게 흔들어 보이며 또 웃었다. 그 모습을 보며 내가 물었다.

"두홍, 넌 우리 계획에 왜 꼈어? 체대 갈 생각은 안 하고."

"체대?"

그러고 보니 우리가 언제부터 친해졌더라, 정확히 기억나지 않았다. 두홍은 항상 당당했다. 농구부에서도, 교실에서도 남들과 잘 지냈다. 난 그게 두홍의 재능이라고 생각했다. 나와 과외도 같이하려고 고민하는 걸 보면 대학에 아주 관심 없지는 않은 것 같고, 물리 치료라든지 체육 관련 학과는 많을 것 같았다.

"뭐야, 빨리 오기나 해."

걸음이 느려졌었나, 멋쩍어서 괜히 한번 웃었다. 분명 하고자 마음만 먹는다면 인서울은 힘들어도 어디든 갈 수 있을 친구였다. 난 그런 두홍이 꽤 멋있다고 생각했다.

"그럼 넌 왜 체대 안 쓰는데?"

그리고 늘 이렇게 먼저 물어봐 주는 점도. 아무리 생각해도 도무지 두홍이와 언제 친해진 건지 기억이 나지 않았다.

"난 그러면 안 돼."

두홍이가 내 헛소리에 킬킬거렸다.

정말 언제부터였더라.

"언제부터 잊으면 될까?"

지난겨울의 중반 즈음, 한파가 왔다. 난 조그마한 공간에서 어떻게 하면 잊을 수 있을까 고민하고 있었다. 아빠가 말한 계획과 준비는 내가 생각해도 괜찮아 보였으니까. 만약 계획대로만 되면 몸무게도 다시 찌울 수 있고 학원에 갈 돈도 생긴다. 뒤늦게라도 체대 입시 준비를 할 수 있다는 뜻이었다. 하지만 아빠는 이번에도 실패했다.

골머리를 쓰다 거실로 나갔다. 거실에 나와도 또 어딘가로 나가고 싶긴 했지만. 집 안에는 온통 스산한 기운이 가득했다. 감기에 걸려도 상관없다는 생각으로 소파에 앉았다.

한숨을 한 번 쉬고 소파 위에 펼쳐 놓은 계획을 다시금 확인했다. 역시나 실패 이후의 계획은 없었다. 그저 아빠가 어디에 갔는지 묻는 사람이 있다면 대답하지 말고 서둘러 피하라는 말뿐이었다. 그러고는 끝. 완벽한 범죄자 엔딩.

"어디서부터 잊으면 될까요?"

어차피 내가 할 수 있는 건 없다. 그저 태워 버리는 것으로 잊기를 바랄 뿐. 아빠가 있는 곳을 누구든 알게 되면 나 역시 범죄자다. 곧장 자리에서 일어나 화장실에서 종이를 불살랐다. 종이 뒤편엔 내가 이전에 다니다 그만뒀던 학원의 입시반 수강료가 적혀 있었다. 그래도 내 나름대로는 열심히 다녔는데.

하긴 내가 하고 싶어서 한 것도 아니었다. 재들이 타닥거리며 손에 닿을 때쯤 생각했다. 앞으로는 화장실에 불을 피우고 잘까.

선잠에서 깨어나 시간을 확인했다. 아까 신지혜와 대화를 마치고 '집'으로 와 잠이 든 터였다. 방 한쪽에 놓인 빈 가방을 챙겼다. 거실에서 나와 현관을 지나고 신지혜가 지난 만남에서 준 열쇠로 본관 정문을 열었다. 한참을 살금살금 걸어 여자 반 앞을 지나칠 때 혼자 중얼거렸다.

"그래도 여자 반은 안 되지."

신지혜가 새로 준 열쇠는 총 다섯 개였다. 여자 반인 11반 열쇠와 기가실, 과학실, 보건실, 학교 실내로 들어올 수 있는 본관 정문 열쇠였다. 면학실에서 유심히 봤을 때 1등은 면학실 사물함을 따로 쓰지도 않고 책상에 붙어 있는 서랍도 비어 있었기에 우선 다른 곳을 뒤지는 게 현명했다. 일단은 1등의 반인 11반에 있을 가능성이 크지만, 그것보다 정말로 신지혜가 찾는 책과 노트가 있긴 한 걸까?

정보가 너무 부족했다. 직접 만나서 물어보지도 말라는 걸 보면 분명 일반적인 책과 노트는 아닌 것 같고. 일단은 열심히 찾는 척하며 그 코디라는 게 뭔지 파악할 생각이었다. 이런 열쇠를 다 어디서 얻었는지 물어봤을 때 신지혜는 귀찮다는 표정으로 대답했다.

"내가 도서관 쓰는 건 안 궁금하고?"

결국 학생부 선생님들에게 받은 것이라는 말이었다. 나는 열쇠들을 보며 컴퓨터 옆에 붙여 둔 종이에 새로 적은 세 번째 규칙을 생각했다.

셋째, 모든 열쇠를 하루에 한 번 이상 사용한다.

이건 신지혜와 함께 정한 규칙이었다. 신지혜는 버려진 아이 괴담이 좀 더 구체적으로 퍼져야 학생부 안건으로 넘어갈 수 있다며 열쇠를 사용해 학교 안에서 물건을 훔치든 부수든 하라고 말했다. 학생회가 대책 회의를 하면 회의록이 자신의 대입 코디인가 뭔가에 도움이 된다고. 열쇠를 내게 준 진짜 이유였다. 노골적인 사고가 일어나기를, 내 소문이 더 커지기를 바랐다.

"그랬다가는 범죄자 엔딩이라고."

물론 난 열쇠를 사용하되 도둑질은 하지 않을 예정이었다. 열려 있는 사물함의 책을 꺼내 둔다거나, 책상의 위치를 바꾸어 둔다거나. 신지혜가 무슨 계획을 짜든 나와는 전혀 상관이 없어서, 좀 가식적이지만 걔 앞에서는 대충 받아들이는 척만 했다.

당연히 먼저 정해 둔 다른 규칙들도 지켰다. 동전이나 주울 생각이지 물건을 훔칠 생각은 없다. 만약 전교 1등 노트를 찾는다고 해도 순순히 신지혜에게 쥐어 줄 생각도 없다. 돌려줄 거라는 말을 믿지도 못하겠고, 만약 거기에 전교 1등의 숨기고 싶은 비밀이나 치부가 적혀 있을 수도 있지 않나? 그런 건 추잡한 게 아니라, 선을 넘는 거다.

하지만 아무도 없는 학교를 자유롭게 돌아다니는 건 꽤

짜릿했다. 옛날 첩보 영화 주인공이 된 것만 같달까. 예전에 도빈과 찍었던 좀비 영화에서처럼 돌아다니며 꼭 무전기에 말하듯 조용히 혼잣말했다.

"여긴 2층, 아무도 보이지 않는다."

학교를 혼자 돌아다니느라 심심해서 한 건데, 어느 순간 즐기게 되었다.

"여긴 4층, 이제 여자 반만 남았다. 다음은 어디로 가야 하지?"

7반을 지나쳐 6반 문을 열고 들어갔다. 다시금 사물함을 뒤졌다. 신지혜가 말한 1등의 책은 사실 아무 필요도 없을 것이다. 중요한 건 노트다.

"그런 걸로 이야기가 되나. 뭐가 적혀 있길래?"

정말 신지혜가 말한 대로 공부한 흔적 때문에? 그건 말이 되지 않는다. 그런 거라면 내 노트로도 충분하니까. 아니면 학생회 운영 비리? 무슨 내용이 있는지는 모르겠지만 아마 내가 그 노트에 대해 더 궁금해할까 봐 코디 선생님이 비밀로 하자고 한 게 분명했다.

나는 또다시 미스터리 영화의 주인공처럼 중얼거렸다.

"하긴, 상관없다. 신경 쓰지 말자. 네가 뭘 하든 나도 내 입시 계획을 짜야지."

무엇이든 해낼 생각이었다. 지금 내가 가야 할 곳은 대학 빼고는 없으니까.

"오늘은 이게 전부인가."

450원, 초콜릿도 하나 사 먹을 수 없는 양이긴 했다. 주섬주섬 동전을 가방에 넣고 생각을 정리했다. 신지혜의 엄마가 준다는 돈은 다음에 만나면 받기로 했지만 그것도 다 믿지는 않았다. 일단 계획에 맞춰 공부하고, 담임 선생님 말대로 희망 전공도 정하고.

"시나리오."

아차 싶어서 소리가 튀어나왔다. 오늘은 초안을 토대로 시나리오를 정리하려 했는데 까먹고 있었다. 너무 과하게 불쌍하지 않고 지나치게 희망차지도 않은 정도로, 학교의 밤을 돌아다니는 이야기.

나는 그 이야기에 쓸 학교의 밤을 찍기 위해 핸드폰의 불빛과 동영상 기능을 켰다. 아무쪼록 신지혜의 입시를 돕는 것과 동시에 내 영화도 점차 완성될 거다.

나도 본격적으로 수시를 준비할 생각이었으니까. 괜히 헛웃음이 났다. 전교 회장과 학교에 사는 애가 거래를 한다는 이야기를 들으면 두홍이든 도빈이든 말도 안 되는 소리를 한다고 할 것 같았다.

"꼭 B급 영화 같네."

우리의 이야기는 지저분한 계획과 갈등이 풀어질 기미도 없이 얽히고만 있는 모양새였다. 무언가 중요한 걸 놓치고 있는 기분이었지만 일단 서둘러야지. 규칙은 지켜야 하니까.

나는 곧장 기가실로 향했다.

또각

그렇기에 누군가 복도에 있었다는 건 눈치채지 못했다.

그때까지는.

명칭

기가실 문을 열었을 때 지난겨울 방학에 리모델링을 했다는 사실을 기억해 냈다. 오랜만에 들어와 본 이곳은 내 기억과는 아예 다른 공간이 되어 있었다. 예전보다 창백해졌다고 느꼈는데, 식기류는 보이지도 않았고 엉터리 인테리어용으로 아무렇게나 둔 책들과 죽어 가는 창가의 화분만 눈에 띄었다.

기술이나 가정과는 아무 상관없어 보였다. 하긴 조금만 생각해 보면 학교에는 이렇게 아무짝에도 쓸모없는 공간이 참 많다.

"이게 뭐지?"

검은색 유리판 같은 게 책상마다 얇게 붙어 있었다. 조리를 위한 기구라는 것만 빼면 구체적인 쓰임을 알 방도가 없었다. 시선을 돌려 다른 곳을 뒤졌다. 기가실이라고 해 봤자 1학년들이 잠깐씩 와서 수업 듣는 게 전부라 두고 간 물건도 없어 보였다. 싱크대에서 물이 나오지는 않았지만 자주 올 곳이라 이름을 붙이기로 했다. 기가실은 '부엌'이라고 부르기로 마음먹었다.

다음은 과학실이었는데 문을 열고 들어가자 알코올 냄새가 미약하게 느껴졌다. 투명한 서랍 안에는 각종 약품, 알코올램프, 비커 등이 보였지만 내게는 다 필요 없는 것들뿐이었다. 하지만 기가실과 달리 과학실 싱크대는 특별했다. 수도꼭지를 돌리자 시원한 물이 콸콸 쏟아져 나왔다. 심지어 비누도 있고.

"앞으로는 여기서 씻으면 되겠네."

학생들이 자주 오지 않는 과학실이 씻기에 좋을 것 같았다. 신지혜는 내가 어디를 가든 더 난리를 쳐서 소문이 커지기를 바라지만 난 화장실에서 씻는 것조차 조심하려고 했으니까.

이어서 컴퓨터가 있는 책상도 있었는데 그건 그대로 두고 칠판 뒤나 청소 도구함 구석구석을 전부 뒤졌다. 걸레 말고는 가지고 갈 만한 게 없었다. 가장 깨끗한 걸레만 하나 챙긴 뒤 확인을 끝냈다.

과학실은 '세면대'라고 부르기로 했다. '샤워실'이라고 하기엔 샤워는 안 할 거고, '화장실'이라기에는 볼일을 못 보니까.

마지막으로 향한 곳은 보건실이었다. 침대가 그냥 넘길 수 없는 커다란 유혹으로 다가왔다. 마치 서바이벌 영화에서 종종 나오는 출처가 분명하지 않은 기묘한 빛 같았다. 하지만 이내 정신을 차리고 다른 물건들을 살폈다.

붕대나 약품은 보건 선생님이 따로 수량 관리를 할 테고 가져가 봐야 별 의미는 없을 것 같았다. 이곳은 정말 위급한 일이 아니면 올 일이 없겠지.

하지만 이 두 번째 등교 중에, 이곳에서도 보물을 발견했다.

"커피포트."

이것만 있다면 뜨거운 물을 만들고 컵라면 따위를 먹을 수 있을 터였다. 게다가 뜨거운 물이 있으면 겨울을 버틸 방법을 얻는 거니까. 라면을 구한 뒤 다시 올 것을 기약하며 보건실을 나섰다. 잠깐 고민하다 여길 '손님방'이라고 부르기로 했다.

"오늘은 끝."

여기 혼자 있는 게 즐겁다는 생각이 들었다. 도빈에게 꼭 해 보라고 추천하고 싶을 만큼. 학교에서 살고부터 아빠 집에서 살 때보다 훨씬 자유롭다는 기분이 들었으니까. 어디든 갈 수 있고 이름 붙일 수 있을 것 같았다.

그러고 보니 작은 집 안에도 명칭이 참 많구나 싶었다. 지금 내가 사는 곳도 그런가. 방은 사실 방이 아니었고 거실이나 주방 역시 없는데, 거긴 뭐라고 부르지.

"일단 자자."

방으로 향했다.

소미를 만난 건 이때로부터 일주일쯤 후였다.

*

"야, 다 일어나! 불 켜고 창문도 좀 열고. 고등학생이면 좀 반짝거리는 느낌이 있어야지. 시체처럼 축 늘어져서."

"샘, 에어컨 틀어 주시면 안 돼요?"

"너희는 뭐가 덥다고 맨날 그러냐."

"선생님은 교무실에 있으니까 모르죠."

"거기나 여기나 다 똑같아. 수능 얼마 안 남았다. 이제부터는 오래 버티는 게 이기는 거야. 책이나 펴."

선생님이 뭐라 하건 평소처럼 듣는 척하며 일기를 썼다. 사실 정규 수업도 아니고 자습인 데다 선생님들은 지금의 우리를 잘 건드리지 않았다. 다들 예민한 시기였다. 물론 나는 학교에서 살게 된 후 별다른 불편함은 느끼지 못하고 있다. 오히려 아빠 집보다 편한 느낌이었다. 아빠 집은 불편하다.

"준영, 날도 더운데 시원하게 체육관에서 농구 고? 지면 내가 주말에 밥 삼."

"뭔 소리야, 자습 중에."

"수시에 필요한 거 쓰러 간다고 하면 선생님들 어차피 신경 안 쓰잖아. 아니면 담임이 불렀다고 하고 나가자, 그냥."

"다 신경 쓰고 계시지. 그리고 담임이 아니라 담임 선생님."

"아, 쏘리. 근데 나한테 신경 쓰는 건 우리 집에 있는 엄마만으로 족하다."

"조용히 해라, 김두홍이."

"넵."

나는 갑자기 집에서처럼 간섭을 받느라 입을 꾹 닫은 두홍을 보고 웃었다. 자칫 두홍처럼 속 편히 생각할 수도 있다고 여기다가 문득 깨달았다. 집은 원래 불편한 곳이다.

신경 쓰는 사람이 있으니까.

그래서 애들끼리 단톡을 파고, 비공개 계정을 만들고, 편한 곳을 만드는 거지. 교과서에도 집이란 의식주를 해결하는 공간이라고 나오지 않나? 언제든 돌아갈 수 있는 편안한 곳이 아니라. 영어에서도 구분하는 것으로 알고 있다.

우리가 그냥 버티는 곳은 하우스, 돌아갈 곳은 홈.

아무튼 오늘은 몇 반으로 갈지 고민해 봐야겠다,라고 신지혜에게 줄 일기에 적었다. 전날에는 도둑이 되지 않기 위해 정한 규칙들을 적었고 그 전날에는 내가 학교 공간에 어떤 이름을 붙였는지, 또 그 전날에는 두 번째 등교에 대해서 적었다. 언젠가 아빠에 대한 것도 적을 수 있을까? 하지만 절대로 그럴 수는 없겠다는 생각이 들었다.

"이건 뭐, 문학 작품이야?"

내 노트를 가져갔을 때 신지혜는 너무 추상적이라고 핀잔을 줬다. 그럼 뭘 더 바라냐는 물음에는 또 짜증 난다는 듯 툭 대답했다.

"이런 게 대학 갈 때 필요하겠어? 너 뭘 착각하는 것 같은데, 내가 원하는 건 네 입시에 관한 거야. 말했잖아!"

아닌데. 그럼 처음부터 그렇게 말을 하라고 쏘아붙이려다 말고 다음부터는 잘 적어 보겠다고 말했다. 돈을 받았으니까. 신지혜는 약속대로 돈을 건넸다. 이대로면 도빈과의 계획도 앞당겨질 거고, 앞으로 일주일에 한 번은 든든하게 국밥을 먹을 생각까지 했다.

*

"하지만 그래서는 안 되지, 이 돈으로는 원서비를 내야 하니까."

나는 컴퓨터를 켜고 메모장을 열었다.

이쯤에서 한 번 정도 현실적인 상황을 정리하고 가는 게 시나리오 구성상 좋을 것 같았다. 예를 들면 내 몸무게가 집이 망하기 전보다 10킬로그램이 줄었다거나, 그래서 체대 입시 준비는 날아갔다거나, 또 그래서 체대 입시 포기와 맞물려 도빈의 제안이 필요했다거나 하는, 아빠에 관한 것들 말이다.

"자, 어디……."

커서가 깜빡이기를 몇 번, 일단 떠오르는 것을 마구잡이로 적어 나갔다.

학교를 그만두려는 생각을 한 건 작년 여름이었다.

아빠의 사업이 실패하고 급식비를 내지 못해 전교생이 있는 급식실에서 창피를 당했을 땐 조금 억울했던 것 같다. 그 순간, 나는 이곳에 속하지 못했다는 기분이 들었고 먼저 돈을 벌어야겠다고 생각했다. 하지만 당장 돈을 벌 방법이 없었다. 말 그대로 공부 외에는 할 수 있는 게 없었다.

그래서 공부만 했다. 지금까지 해 온 운동을 포기하고 대학에 갈 다른 방법을 구하려 했다. 일단 대학만 가면, 그래서 자립할 수 있으면 아빠에 대한 비밀을 지킬 수 있을 테니까. 그때 친구인 도빈이에게 엽서가 하나 왔다.

어른들은 돈이 중요하지 않다고 하지만, 그때부터 나에게 돈은 중요한 것이 되었다. 그 엽서에는 성인이 되었을 때 돈을 어떻게 쓸 것인지 적혀 있었다. 또 돈을 어떻게 벌 건지에 대해서도. 그렇게 사는 게 나의 마지막 목적지임을 깨달았다. 그렇게만 되면 집을 나갈 수 있을 테니까. 전부 다 괜찮을 거니까.

학교 역시 마찬가지였다. 어떻게든 버티고 문제집을 풀기만 하면 되는 이곳을 나가려면, 더 열심히 공부해야 한다. 하지만 낮에 공부하는 시간을 늘리면 밤에 잘 시간이 줄고, 학교의 밤을 돌아다니면 낮에는 비몽사몽하고.

물론 그럴수록 사람들을 피하게 되고 나에 대한 다른 소문들이 생기기도 했다. 그러나 그 역시 신경 쓰지 않는다. 좋은 성적을 받아 대학에 가는 것만이 중요했던 내가 전교 회장이 한 제안을 받아 결국 그토록 피하려고 했던 범죄자 엔딩을 맞게 도 ㅣ

커서가 깜빡거렸다. 지금까지 쓴 걸 고치지도 않고 전부 지웠다. 이건 아니다. 이렇게 써 나가다간 분명 끝에 가서 '물의를 일으켜 죄송합니다. 그래도 대학엔 꼭 가고 싶습니다.'라고 끝날 것 같은 글이었다.

"하아."

바깥에서 빗소리가 들렸다.

질리지도 않고 비가 왔다.

이렇게 빗소리를 들으니 얼마 전 그 애가 생각났다. 나랑 되게 다른데, 비슷한 세계에서 살다 만난 느낌이라고 해야 하나?

그 애는 말하자면 이런 거다. 영화에서 이야기가 순조롭게 전개되는 중에 갑자기 튀어나와서 모든 상황을 급격하게 요동치게 만드는 메인 갈등 유발 캐릭터.

걔 이름이 뭐였더라?

*

어딜 가나 가끔 그런 애들이 있다.

그냥 친해지고 싶은 애. 이성이든 동성이든 딱히 뭔가를 함께하는 게 아니어도 곁에 있고 싶고 같이 실없이 웃고 싶은 애. 등교할 때도 하교할 때도 늘 친구들과 하나로 된 그림자를 지고 가는 애. 영화를 같이 보고 밤새 떠들거나 그 애가 있는 톡방에 들어가고, 서로 팔로우를 하고, 같은 소속이 되어 사소한 대화를 끊이지 않게 나누고 싶은 애.

너무 신경 쓰이는 애.

장마에 만난 아이

장마가 왔다.

야자 동안 왁자지껄 떠드는 아이들을 보고 있었다. 선생님들이 돌아다니면 금방 조용해졌지만 쉬는 시간은 정말 시끄러웠다. 나는 가만히 창밖을 바라봤다. 빗방울이 쏟아지는 유리창 너머가 그렇게 조용해 보일 수가 없었다.

조금만 있으면 여길 나갈 수 있겠지. 종이 친 뒤 면학실로 향했다.

면학실에서 보내는 한 시간 동안 계속 1번 자리와 대머리 선생님을 번갈아 관찰했다. 오늘은 선생님 자리에 있는 비밀번호를 몰래 볼 생각이었기 때문이다.

학기 초 면학실에 처음 들어온 학생은 사물함 자물쇠의 비밀번호를 적어서 제출해야 했고 그건 1번도 마찬가지일 테니까.

순간 이 지저분한 방법을 떠올린 내가 이미 범죄자 같다는 생각이 들었다. 내가 왜 이러고 있나 싶다가도 칸막이를 넘어 곁눈질로 본 1번의 범상치 않은 모습에 저절로 집중했다.

1등은 늘 문제집이나 교과서는 보지도 않고 이상한 책들을 읽었다. 표지가 화려한 책들이 책상에 쌓여 있었다. 나와 비슷한 체형에 '준호'라는 이름도 남자 같다. 좀 이상한 애라는 생각만 계속 들었다. 쉬는 시간에는 대머리 선생님이 갑자기 날 불렀다.

"어 이준영이, 이리 와 봐."

애들이 '머리머리'라고 부르는 선생님은 곧장 나를 상담실로 데려갔다. 1번의 비밀번호를 보기도 전에 내가 뭘 잘못했나 생각하고 있는데 상담실 안에 이미 다른 학생이 와 있는 게 보였다. 여학생이었다.

"이준영이, 멘토제 한다고 했지? 박성훈 선생님께 이야기는 들었다. 공부하라고 하지는 않을 테니까 형식적으로라도 여기 앉아서 둘이 대화도 나누고 그래라."

"아, 네."

"학생부 한 줄 늘린다고 멘토제 하려는 애들도 많은데 너는 이번에 심사 없이 따로 하게 된 거니까 다른 애들한테 말하면 안 된다. 이게 알려지면 특혜네 뭐네 말이 나와. 알겠지? 어라, 너 목은 또 왜 그러냐?"

"네? 아, 어디서 부딪혔나 봐요."

"아무튼 인사만 하고 자리로 다시 돌아가. 쉬는 시간 좀 있으면 끝난다."

아마 담임 선생님이 급식비에 대한 얘기를 한 모양이었다. 머쓱한 채로 자리에 앉았다. 상담실이라고 해 봐야 손바닥만 한 공간이니 별것 없을 거라고 생각했는데, 여학생 앞에 놓인 종이가 눈에 띄었다.

사물함 비밀번호를 적는 바로 그 종이였다.

면학실에 새로 들어올 때 작성하기 때문에 지금 쓰게 하려는 것 같았다. 선생님이 나가고 조심히 눈치를 살폈다. 일단 조용히 내 앞에 앉은 아이를 바라봤다.

소미의 눈은 갈색이었다.

"난 이준영이야."

나는 곧장 노트를 펼쳤다.

멘토제니까 과외라도 해야 하는 건가? 대부분 여학생은

여학생끼리 붙이지 않나. 비밀번호를 적은 종이나 보며 망설이고 있었다. 그때 소미가 내게 말했다. 갑자기 '펑' 하고.

"집을 나갈 거예요."

소미가 첫 만남에 내게 한 말은 이게 다였다.

"어…… 나도 그래."

그리고 이게 내가 한 대답의 전부였다. 아무리 뒤져도 할 말은 이것뿐이었다.

장마가 왔다.

*

"어디 내가 모르는 엿토피아가 있는 거야? 무슨 고등학생이 연애냐. 게다가 선생님 앞에서 일진놀이를 한다고? 바닷가 펜션 여행? 이런 게 어디 있어?"

"웹툰이잖아."

"그래도 그렇지. 야자랑 학원이 있는 이상 인문계에서 이럴 수는 없지. 그리고 일진이랑 싸우는 얘기는 뭐가 이렇게 많은 거야? 걔들이 뭐가 정의로워? 가해자 놈들이 미친 거지."

"만화잖아, 만화. 우리 학교도 그렇지만 실업계에는 더 있겠지."

"일진이 이렇게 많다고? 난 모르겠다."

하긴, 넌 모를 수도 있겠다. 나는 신지혜를 보지도 않고
말을 이었다.

"만약에, 네 앞에 왕따당하고 있는 애가 있으면 어떻게
할래?"

"처리해야지."

"너 같은 애들이나 그럴 수 있는 거고. 갑자기 양아치가
나타나거나, 가난해서 밥도 못 먹는 애가 있으면 보통 피해.
엮이기 싫으니까."

"그게 무슨 말이야?"

"못 본 척한다고. 도와주지도 막지도 않고, 말을 섞거나
쳐다보지도 않고. 신경을, 아니 관심을 꺼야지. 다른 중요한
게 많은 나이라고 배웠잖아."

나는 노트에 선을 긋고 덧붙였다.

"누가 도우려고 하냐? 다 쉬쉬하지, 대학만 가면 안 볼 사
인데."

"그래도 이건 너무 극단적이잖아, 이런 게 현실에 어디
있어?"

당연히 있다고 대꾸하려다 생각해 보니 우리 이야기도

흔하지는 않았다.

청춘, 우정, 사랑 같은 이야기들이 종종 서사 구조상 갈등을 위해 들어가지만 고3의 현실에서는 흔하지 않았다. 중요하지 않은 것들은 진즉에 학교에서 튕겨 나갔으니까. 평범한 우리들은 학교에서 더 큰 것들과 싸우고 있다.

예를 들어 모의고사나 내신, 수능 같은. 아니면 바닥에 표시된 선을 넘어 다음 번호로 가기 혹은 에어컨 틀기 같은.

아아, 부모와의 갈등은 인정. 그건 각자 조금씩 달라도 너무 흔하니까.

"근데 뭘 그렇게 정신 없이 써?"

신지혜가 핸드폰을 앞에 두고 노트를 바라보며 말했다.

"입시 계획표인데, 몰라도 돼. 넌 왜 여기 있는 거야?"

학교도 별로 안 오고 공부도 못하는 애가 학원 가서 수업이나 들을 것이지,라고 한 소리 하려다 내가 나가는 게 편할 것 같아서 자리에서 일어섰다. 그런 나를 잡아 두려는 것처럼 신지혜가 쏘아붙였다.

"야, 훔칠 계획 짜 본다며. 1등 노트는 어떻게 됐어? 여기 앉아 봐."

"이제 대놓고 책은 필요 없는 것처럼 구네. 아무튼 애들 다 가고 나서 1등 사물함 열어 봤는데 외국어로 된 이상한 그림책밖에 없었어."

"그럼 어디 있는데? 어떻게 훔칠 건데?"

"훔치는 게 아니야. 난 도둑이 아니니까. 그리고 너 오늘은 집에 안 가냐?"

주말이었고 학원이든 봉사 활동이든 바쁠 애가 굳이 내 방까지 와서 자기 계획이 잘 돌아가고 있는지 확인하려는 것 같았다.

"이따가 밤에 가야지."

신지혜는 토라진 표정으로 말했다. 난 신경 쓰지 않고 노트를 가리켰다.

"내가 계속 봤는데, 걘 노트를 안 들고 다녀."

"그래서?"

나와 신지혜는 진지하게 대화를 나눴다. 그 모습이 흡사 범죄 조직과 거래를 하는 계산적인 사업가들 같기도 했다. 아니면 내가 범죄자 과외를 받는 중이거나.

"이제 솔직해질 때도 됐잖아. 너 진짜 원하는 게 뭐야? 1등 노트에 뭐가 적혀 있는데? 난 지금도 그냥 직접 부탁해서 빌려 볼까 계속 생각하고……"

"그건 안 돼."

"그러니까 왜? 지금도 난 간당간당하게 선을 타고 있는 거라고."

"코디 선생님 말씀이야. 엄마도 그랬고. 이건 절대 너한테 알려 주지 말랬어."

"나에 대해서도 아서?"

"우리가 만든 이야기의 주인공인 너에 대해 모른다는 게 말이 된다고 생각해? 앞으로 매일 여기로 찾아와서 닦달하기 전에 빨리 훔칠 계획이나 말해."

이럴 때마다 신지혜와는 하루라도 빨리 모르는 사이로 돌아가고 싶다.

"넌 가끔 너무 네 맘대로 굴어."

"나도 너랑 친해졌다고 생각해."

신지혜의 싱거운 농담에 웃음이 날 뻔했지만, 나는 내 노트를 돌려서 신지혜에게 보여 줬다.

"아무튼 면학실은 아니야. 교실로 가야 해. 너라면 방법을 알 것 같아서. 찾아봐야 할 곳은 이렇게 총 두 곳이야."

"11반에 있는 사물함이랑 집? 걔네 집에 간다고?"

"학교에 없는 경우의 수도 생각해야지."

"아니야."

신지혜는 내 말을 듣고는 곧장 핸드폰으로 누군가에게 문자를 하나 보내더니 늘 가지고 다니는 크로스백을 다시 어깨에 메고 자리에서 일어섰다.

"맞아, 책은 필요 없어. 노트만 필요하지. 네가 똑똑해서 혼자 알아낸 거니까 사과는 안 한다? 아무튼 집은 빼. 노트는 분명 학교에 있어. 교실 열쇠는 나한테도 없으니까 알아서 들어가고, 자물쇠는 경비 아저씨한테 절단기 빌려서 따지 뭐. 만약에 네가 자물쇠를 따면 그 다음 날 바로 찾아와. 새 자물쇠는 내가 준비해 둘 테니까. 아니, 누구한테 휴대폰 빌리든지 해서 문자라도 보내."

반응을 보려고 무리수를 둔 거였는데 너무 쉽게 절단기를 구해 온다고 해서 놀랐다.

"그것만 있으면……. 아무튼 꼭 노트를 구해야 해. 그래야 내가 대학을 가지."

신지혜의 말에서 묘한 절박함이 느껴졌다. 교실 사물함에도 노트가 없을 확률이 더 높다는 걸 알 텐데, 왜 저렇게 집착하는지 도저히 알 수 없었다. 물론 알고 싶지도 않고. 나는 무심하게 방과 방 사이의 의자들에 걸어 둔 빨래를 걷으며 답했다.

"절단기 빌려주면 갔다 와 볼게."

"그래. 모든 일은 꼭 일기로 쓰고. 검사할 거니까."

"아, 좀."

"그러고 보니까 곧 수시 기간인데 넌 어디 갈지 정했어?"

"그건 내가 알아서 할 거니까 이제 좀 나가."

"걱정을 해 줘도 뭐래."

내가 짜증을 내자 신지혜는 살짝 웃으며 방문을 열고 빼꼼히 바깥 기미를 살폈다. 지내 본 결과 주말 아침에는 거실 옆 운동장을 조기 축구회가 쓰는데 오늘은 오지 않은 것을 확인했으니 별 탈은 없을 터였다.

"그럼 간다. 여기 홀아비 냄새 나. 라면이나 밥은 꼭 밖에서 먹어."

"그 말투 좀, 하. 배웅은 안 나간다."

물론 신지혜는 듣지도 않고 나갔다. 신지혜가 저 멀리 사라지는 걸 환풍구를 통해 확인하고 나도 짐을 챙겼다.

공부도 해야 했고, 수익도 정리해야 배고픔을 계산할 수 있기도 했다. 가장 중요한 건 실기용 시놉시스 초안인데 그 후로 아직 한 문장도, 아니 한 단어도 쓰지 못했기에 분위기 전환 겸 도서관을 가려고 나섰다. 학교 밑에 바로 도서관이 있다.

그리고 거기에는 소미가 있다.

셰어하우스

우산을 접고 고개를 들자 소미는 긴 머리카락을 쓸며 친구들과 웃고 있었다. 그러다 나를 보고 바로 도서관 입구까지 나왔다. 소미 친구들은 날 보며 인사하고 자기들끼리 숙덕거렸다.

딱히 내 이야기를 하는 건 아닌 듯해서 도서관 내에 있는 카페 의자에 앉았다. 소미도 곧장 내 앞에 앉았다. 앉자마자 웃음기는 사라졌지만, 그래도 소미는 초롱초롱한 눈으로 상냥히 물었다.

"선배, 뭐 마실래요?"

계획상 오늘 쓸 돈은 없어서 그냥 이렇게 답했다.

"여기 그냥 앉아 있어도 되잖아. 작년에 가끔 와서 알아."

"아, 네. 이건 제 번호예요."

소미가 가방에서 노트를 꺼내 자신의 번호를 적어 줬다.

"어, 나 핸드폰이 고장 나서."

소미는 대충 이해한다는 듯 꾸벅했다. 나는 소미가 친구들과 함께 있던 자리를 흘끔 보고 말을 이었다.

"왜 보자고 한 거야? 친구들이랑 공부하던 거 아니야?"

"괜찮아요. 아침에 와서 지금까지 유튜브밖에 안 봤다고 서로 그랬는데요."

그 뒤로 살짝 어색해질 때쯤 소미가 내게 말했다.

"멘토제는 그냥 친구들이 넣어 보라고 해서 넣었던 거라 신경 안 쓰셔도 돼요."

"그 말 하려고 부른 거야?"

"아뇨, 그건 아니에요. 그냥 다들 도서관에 오니까."

"그게 다구나."

주말에 괜히 나왔나 싶어 김이 빠졌다. 소미가 갑자기 날카롭게 물었다.

"선배는 학교에서 살죠?"

순간 머리가 멍했다.

이게 누구나 다 알 만한 얘기인가. 신지혜 말대로 소문이 퍼지고 있어서?

안일했다. 학교에 들어와 살면서 신지혜랑 어울리고 노트에 대해 생각하면서, 이곳을 벗어나 대학에 간다는 목표를 점점 더 잊고 있었던 것 같다. 너무 안일했다. 하루라도 빨리…….

"다른 사람들도 아는 건 아니에요. 그냥 저도 이 근처 사는데, 밤에 다시 학교로 들어가시는 거 봤거든요. 그걸로 협박을 하는 것도 아니고요."

나는 최대한 당황하지 않은 척 선을 긋고서 되물었다.

"학교에서 사는 거 아니야. 아무튼 왜?"

"그냥요. 멘토니까 선배가 학교에서 사는 거 비밀로 해주고, 같이 셰어하우스처럼…….”

"잠깐만, 그게 다야? 면학실이라든가 그런 얘기는 없고?"

소미는 커다란 눈을 끔뻑거리며 잠시 망설이더니 제법 진지하게 말했다.

"멘토제는 전에 떨어졌었는데 갑자기 면학실로 오라 해서 가 봤더니 선배가 있었던 것 뿐이에요. 저도 집을 나갈 거라, 혹시 한번 말이나 해 볼까 하고. 다른 사람들은 내 사정에 관심 없으니까요. 왜 누구와 있어도 얘기가 안 통하는 느낌 있잖아요."

"지금 내가 살짝 그런 기분이긴 한데……. 집은 왜 나가려는 거야?"

"엄마랑 싸웠거든요."

하, 그런 이유라니.

"그것 때문에 집을 나온다고? 나와 봐야 지금보다 신경 쓸 일만 많아질걸."

"저한테는 중요한 일이에요. 아빠가 외국에 계세요. 고등학교 입학하자마자 진로 계획서 써 오라고 해서 가져갔는데 엄마가 아무 관심도 없더라고요. 그래서 싸웠고, 이제 나올 거예요."

막무가내네. 나는 고개를 저었다. 소미가 계속 말을 이었다.

"부모님은 이제 불편하니까. 전 진짜로 진지해요. 제일 중요한 건 무슨 일을 하고 싶은지잖아요. 친구들은 다들 대학이야기만 하고. 선배는 나랑 비슷하니까 그래도 대화가 통하지 않을까 싶었어요."

"내가 지금 여기서 뭐 하는……. 아무튼 난 학교에서 사는 게, 아니다, 이 상황에 웃긴 말이지만, 엄마 마음도 생각해 봐. 면학실 올 정도면 공부도 잘할 텐데, 만약에 집 나오면 어머님이 어떻게 생각하시겠어."

"엄마는 별로 신경 안 써서 만약 제가 집을 나와도 경찰에 신고 안 할걸요?"

하기는, 나도 아빠가 없어졌을 때 신고하지는 않았다.

나도 재작년에 비슷한 생각을 했던 기억이 났다. 소미도 튕겨 나온 걸까. 더 얘기하고 싶지 않았는데 비슷한 듯 달라서 자꾸 묻게 된다. 내가 있는 선으로 넘어오려 하고, 고무줄놀이하듯 선을 왔다 갔다 하는, 소미는 그런 애 같았다.

"나와서 뭘 하고 싶은데?"

"일단 천체 물리학자가 되고 싶어요. 그다음은 더 조사하고 고민해 봐야죠."

"그건 왜 하고 싶은데? 돈 많이 버나?"

"좀 유치하긴 한데, 별이 반짝거리는 것도 좋고, 서로 끌어당기는 것도 좋아서요. 관련 논문도 읽어요. 노벨상이 목표랄까. 말하니까 민망하긴 하네요. 그래도 진지하게 찾고 있는 제 장래 희망 후보 중 하나예요."

"장래 희망 같은 건 집에서도 고민할 수 있잖아."

소미가 가볍게 웃었다.

"밖으로 무작정 나온다고 자유로워지지는 않아. 생각할 것만 늘어나고."

너무 막무가내라 이번엔 더 현실적인 조언을 해 주기로 했다. 멘토로서.

"집을 나와서 좋을 건 없어. 우리 나이는 알바로도 잘 안 써 줘. 돈을 어떻게 굴릴지 계획하고, 그러니까 의식주 정도는 준비를 해야지."

"선배도 그랬어요?"

"난 아니라니까. 집을 나가는 건, 아무튼 나쁜 거야."

어느새 제안이나 거래도, 혼잣말도 아닌 대화를 하고 있었다. 기분이 묘했다.

"돈은 나와서 생각해도 되지 않을까요?"

"도둑질이라도 하게?"

"아니요. 선배도 안 그러잖아요."

"어, 난 안 그러지."

소미가 또 작고 예쁘게 웃었다.

"거봐요, 선배도 나랑은 얘기가 통하잖아요. 처음부터 딱 느낌이 왔다니까요? 그럼 선배는 저처럼 되고 싶은 거 없어요?"

소미는 내 눈을 똑바로 바라보고 있었다. 되고 싶지 않은 것을 말하고 싶기도, 저 반짝거리는 갈색 눈을 피하고 싶기도 했다.

그러고 보니 내 장래 희망이 뭐였더라? 영화감독은 아니었는데. 그건 도빈이 하고 싶은 거였고. 난, 돈 많이 버는 직업? 아니, 그건 그냥 직업이지 노벨상감은 아니다.

"난……."

아무것도 없는 책상만 한참을 바라봐도 떠오르는 게 없었다.

"왜요?"

그렇게 난 소미를 싫어하게 됐다. 청춘 같은 건 나의 학창 시절에 사치였다. 소미는 나에게 없는 걸 가지고 있으니까. 내 세상에 어느 순간 훅 들어온, 집을 나가고 싶어 하는 이 아이를 더 만나다간 어떤 우주의 기운을 받아 자연스럽게 대학에 가지 못할 것 같은 기분에 사로잡혔다. 나는 픽 웃으며 대답했다.

"난 그러면 안 돼."

지난겨울 초에 아빠는 대뜸 자랑스러운 아들이 되라는 말을 하더니 집을 나갔다. 그 뒤로 한 일주일은 진짜 열심히 살았다. 그다음 일주일은 다시 원래의 생활로 돌아왔다. 그리고 그 후에는 아무것도 할 수 없게 됐다. 그때까지 아빠는 돌아오지 않았다.

아빠는 계획을 위해 떠난다고만 말했다. 아니, 그랬던 것 같다. 난 아빠를 기다리며 꺼내지 않았던 두꺼운 이불들을 꺼내고, 집을 청소하고, 공부하거나 영화 따위를 봤다. 그리고 그냥 하는 일들이 대개 그렇듯 재미가 없었다.

영화는 매일매일 챙겨 봤다. 도빈이 한 편씩 추천해 주기도 했거니와 우리 계획 때문이기도 했다. 그때는 계획을 두고 도빈이 이렇게 서둘러 떠날 거라고 생각하지 못했다. 그저 내일 도빈과 영화에 대해 무슨 대화를 할까만 고민했었지.

어느 하루 영화가 다 끝나고 잠자리에 누웠다. 이불이 두꺼우니까 견디기가 수월했다.

"이제 좀 살겠네."

차가운 이불 속에서 꿈틀거리며 말하자마자, 난 그러면 안 된다는 생각이 들었다.

말을 주워 담지는 못하지만 이제 다시금 살겠다,라거나 무언가 하고 싶다는 말은 하지 않기로 했다.

추운 날씨에 난 그런 생각을 하면 안 된다. 아빠가 죽으러 간 지 한 달째였다.

아빠는 내가 이런 생각을 할 때쯤 이미 죽었을 테니까.

*

또다시 두 번째 등교를 하던 중이었다. 소미네 반도 한번

가 보려다가 왜인지 석연치 않은 기분에 그만뒀다. 또 여자 반이기도 했고. 내 발걸음 소리만 가득한 복도를 거닐다가 조금 쉴 목적으로 우리 반에 왔다. 나는 곧장 내 자리에 앉았다. 분명히 그렇게나 시끄러운 공간이었는데 지금은 고요했다. 저긴 누가 있었고 창가에는 꼭 세 명씩 달라붙어서 떠들었어, 따위의 생각을 하며 숨을 골랐다. 아무 소리도 들리지 않았다.

창밖을 봤다. 학생들이 전부 사라지니 유리창 너머와 안이 별로 다를 것 없이 느껴졌다. 어둡고 밝은 차이만 있다고 해야 하나. 소미 생각이 났다. 소미네 집이 어디일지 궁금했다. 하지만 알아도 할 수 있는 건 없었다.

집 밖으로 나와서 운동장 한가운데 섰다. 어둡지만 학교보다는 아니었고 내리는 비 때문에 뭔가 해소되는 느낌이 들었다. 주위를 둘러봤다. 분명 체육 시간에도 봤던 풍경인데 모든 게 달라 보였다.

문득 나이에 안 맞게 조금 쓸쓸한 기분이 들었다. 튕겨 나온 내가 얼마나 더 혼자 버틸 수 있을까. 서로 끌어당기는 별들은 알까.

"아, 외롭다."

우산을 치우고 하늘을 올려다봤다. 하지만 소미가 말하

는 별은 비에 가려 보이지 않았다.

잠깐 비를 맞았다. 시원하고 서늘한 비가 교복을 다 적셨다. 그러다 바람이 불었고, 추웠다. 더 외로워졌다. 외로움이 조금 가실 줄 알았는데 잘못 생각한 것이었다. 남들이 보기라도 했다면 창피했으리라.

"하긴 나 혼자니까."

그렇게만 생각했다. 우리 집에는 나 혼자라고.

나는 감기라도 걸릴까 서둘러 집으로 들어가기로 했다.

또각

하지만 소미와 멘토제를 하기 전부터, 정확한 시기는 알 수 없지만 그보다 훨씬 전부터, 난 혼자가 아니었다.

나머지 수업

"말했지? 오늘까지 지원서 초안 안 쓴 사람은 완성할 때까지 집에 못 간다."

담임 선생님의 말에 나와 두홍 포함 다섯 명이 야자 끝나고 교실에 남았다.

"지금 써야 첨삭을 하지. 자습을 그렇게 하는데 시간이 없었다는 건 네놈들이 생각해도 양심이 없지? 인마들아? 나도 너희가 대학에 가든 말든 별 상관 안하고 싶다만 3학년씩이나 돼서 이 정도도 안 하는 건, 반항도 아니고 좀 비겁한 짓이라고 생각한다."

"아 샘, 다 썼는데 샘이 다시 써 오라고 했잖아요."

"저 학원 가야 하는데."

"집에도 못 가고 학교에 갇혔네, 아주."

이에 다른 애들이 한마디씩 불만을 표했다.

"개조졌네."

특히나 두홍은 정말 죽을 것 같다는 표정으로 말했다. 집도 싫다고 했지만 역시나 학교에 남는 건 더 싫은 모양이었다. 두홍을 보고 낄낄거리다 담임 선생님께 한 소리 듣고 A4 크기의 갱지에 나도 모를 내용을 써 내려갔다.

"준영이 너는 내가 말한 거 수정했어?"

얼마 후 선생님이 내 앞에 앉았다. 아마 한 사람씩 첨삭할 모양이었다.

"네."

"밥은? 연애는 하고?"

"그거 진지하게 하신 말이에요? 실기 연습도 틈틈이 하고 있어요."

"에이, 입학 사정관들도 꽤 똑똑한 사람들이라 척 보면 다 알아요, 얘가 글을 잘 쓴다, 못 쓴다 하는 것 정도는. 그 사람들은 그런 걸 바라는 게 아니야."

다른 애들도 우리 대화가 흥미로웠는지 고개를 들어 경청했다. 이에 선생님이 벌떡 일어나 교탁 앞에 섰다. 늘 어딘가 나사 빠진 모습만 보다가 처음으로 진지한 표정의 선생님이 숨을 고르자 갑자기 교실에 긴장감이 조성됐다.

"일탈 자체를 사회를 구성하는 한 부분으로 보고 기준화하는 과정에서 일탈 행위자들을 낙인찍는 이론을 수업 시간에 설명했을 거야. 기억하지?"

예에, 우린 무슨 무서운 이야기를 듣는 것처럼 기어들어 가는 목소리로 대답했다. 선생님은 마치 자신만 알고 있는 비밀을 이야기하듯 진지하게 말을 이었다.

"입학 사정관들은 그 낙인을 찍는 사람들이야. 너희를 보호받아야 할 존재에서 사회의 구성원으로 만들어 버리는 거지. 그들이 원하는 건 훌륭한 학생이 아니야. 도망치지 않을 애들을 찾는 거지."

"대학교 가도 그래요? 사고 안 치고 말 잘 듣는 애들요?"

"좀 달라. 말을 잘 듣는지 아닌지 어떻게 알 수 있을까? 성적과 학생부, 수치화된 정보를 통해서야."

우울한 이야기였다. 모두 나와 비슷한 생각인지 분위기가 가라앉았다. 선생님이 말을 이었다.

"대학은 너희에게 커다란 낙인이 되겠지. 네가 어떤 걸 가지고 있든지 사회는 너희들을 평가할 거야. 그럼 어떻게 해야 할까? 해 놓은 것도 없고 상황도 실력도 별로인 것 같은 너희들이 지금 해야 할 건 뭘까?"

"포기?"

"아니지, 그건 절대로 아니야. 해야 할 건, 나를 찾아 나가는 거지."

너무 상투적인 얘기라 다들 시시하게 웃어넘기는 분위기가 됐다. 선생님이 이어 말했다.

"아무도, 그 무엇도 너희를 상처 주지 못하게 스스로를 지키라는 거야. 외로움에 스스로 숨어도 좋다. 너희 자신을 찾아서 자유롭게 떠나라. 그게 청춘이지."

난 두홍과 눈이 마주쳤다. 분명 똑같은 감정을 느끼고 있다는 걸 알 수 있었다.

도빈은 분명 떠나기 전에 우리에게 이렇게 말했다.

'무작정 떠나선 안 돼. 그런 식이라면 얼마 못 가서 분명 길을 잃고 말 거야. 우리 계획을 세우자.'

"그렇게 찾아 나갔다가 길을 잃으면 어떻게 해야 하는데요?"

난 고개를 앞으로 돌려 선생님에게 물었다. 선생님은 배드민턴 채를 마법 봉처럼 휘두르며 특유의 심드렁한 표정으로 말했다.

"연애를 해야지, 인마!"

*

월요일 저녁, 어김없이 비가 내렸다. 그리고 결국 그놈의 멘토제 날이 다가왔다.

일주일에 한 번씩 상급생이 하급생에게 입시에 관해 이것저것 이야기를 해 주면 되는 거였다. 보통은 면학실에 오는 시간을 활용하곤 했다.

"그럼 미술실로 갈래요, 선배?"

"미술실?"

"네, 작년까지는 다용도실이었대요. 제가 선생님께 말해서 열쇠 받아 놓을게요."

소미는 순식간에 노는 공간을 찾아냈다. 아예 남들로부터 숨어 버리려는 것처럼. 남들이 다 아등바등 선을 넘고자 하는 면학실을 떠나 선 밖에서 놀 수 있다는 점이 꽤 마음에 드는 모양이었다. 그리고 나도 그 기분을 알고 있으니, 딱히 말릴 생각이 들진 않았다.

"그래."

바깥의 가로등 불빛이 너무 세서 우리는 불도 켜지 않고 들어갔다. 이래서 그냥 방치해 두고 안 썼던 건가. 우리 학교에 미술실이 있다는 건 처음 알았다. 신관 2층 복도 끝, 창고 같은 곳이었는데 내부에 잡동사니가 쌓여 있었다.

"여기예요. 남들 다 공부할 때 노니까 좋네요, 선배."

"아, 노는 건 아니지."

난 대충 챙겨 온 가방에서 공책을 꺼냈다. 하지만 역시나, 소미는 쳐다보지도 않았다.

"그러고 보니 너 이번 모의고사 성적은 잘 나왔어?"

"네, 그러니까 면학실에 올 수 있는 거죠."

그것도 그렇긴 하네. 나도 모르게 또 멍청해져서 고개만 끄덕였다. 그러고 나서 소미가 가져온 성적표나 몇 장 확인했다. 오늘은 소미의 성적만 대충 살펴보고 넘어갈 생각이었으니 본론은 다 끝난 셈이었다. 하지만 소미는 일어날 생각도, 책을 볼 생각도 없어 보였고, 나는 대충 미술실을 둘러보다 툭 말했다.

"여기가 미술실인지는 어떻게 안 거야?"

"아, 선배는 면학실 올 때 빼고는 주로 본관만 다녀서 잘 모르죠?"

"뭐를?"

"여기는 애들이 몰래 담배 피우는 곳이에요."

"아."

그래도 우리 때는 학교 안에서 피울 생각은 안 했는데. 신입생들은 패기가 넘친다는 둥 말하기도 민망했다.

"너 담배 피워?"

다른 말로 돌리려다 하필 이렇게 말해 버렸다. 소미는 마치 벌레라도 본 표정으로 대답했다.

"아뇨."

"아, 그렇지, 나도 안 피워. 운동할 때 폐활량 달려서."

내가 팔을 뻗으며 훅훅 소리를 내자 소미는 재밌다는 듯이 웃으며 비밀이라도 말하려는 것처럼 고개를 숙였다. 나도 덩달아 고개를 숙이자 소미는 입까지 가리고 말했다.

"저는 여기가 선생님들이 파 놓은 함정이라고 생각해요."

"어?"

"그렇잖아요? 이렇게 아무렇게나 두고 관리도 딱히 안 하는 것 같은데. 양아치 애들이 점령하게 됐다가 한 번에 싹 잡으려는 거죠."

얘는 참 상상력도 풍부하다. 나는 대충 고개를 끄덕였다. 소미 앞에서는 유독 모든 납득하게 되는 것 같았다.

"선배는 어떻게 생각해요?"

"뭐가?"

"학교에서 사니까 알 거 아녜요? 이런 공간이 학교에 되게 많다는 거. 선생님들의 함정일 거라고는 생각 안 했어요?"

"그건 너무 나갔지. 아, 그리고 학교에서 사는 거 아니라니까."

그때였다.

바깥에서 소리가 들려왔다. 난 소미와 함께 조용히 창가에 붙어 아래를 내려다봤다.

"우리 학교 교복인데."

"쟤들도 여기가 함정이란 걸 알았나 봐요."

소미가 말한 '쟤들'은 학교 안에 있지만 학교에 속해 있지는 않아 보였다. 쟤들은 누굴까, 교복만 같지 빗방울에 번진 빛 때문에 얼굴도 제대로 보이지 않았다. 아마 내일 급식실에서 내 옆을 바짝 스치더라도 알아보지 못할 터였다.

"이제 쟤들 때문에 걸리기 쉬워져서 여긴 안 되겠네."

소미는 갑자기 창문 바로 아래에 있던 서랍장에서 책 한 권을 집어 창문을 열고 바깥을 향해 던졌다. 창틀을 넘어 책이 날아갔다. 맞으면 어쩌려고. 아, 우산 때문에 괜찮으려나. 하지만 책이 떨어지고 난 뒤 욕이 들려왔다는 게 중요했다.

"이제 튀죠, 선배."

"어?"

소미는 그대로 도망치려 했다.

"어디로 가려고?"

"면학실이든 다른 교실이든 가야죠. 쟤들이랑 마주쳐서
뭐가 좋다고."

그럴 거면 책을 던지지 말든가. 한숨이 나왔다. 소미의 손
목을 잡아 다시 앉혔다.

"어차피 여기 불 안 켜 놔서 쟤들은 모를 거야. 쟤들은 그
냥 복도나 구름다리를 지키고 있겠지."

설사 저 애들이 여기까지 오더라도 미술실 문은 굳게 잠
겨 있다. 문고리를 돌릴 때는 반드시 두려움에 사로잡힐 수
밖에 없다. 어둡고, 왜 있는지도 모르는 곳. 그런 곳을 소미
처럼 맘껏 넘어 다닐 수 있는 애들은 별로 없으니까.

"그림자나 소리만 체크하면서 가만히 기다려. 그럼 또 금
방 사라질 테니까."

무작정 행동하면 안 된다. 천천히 계획을 짜고 생각을 절
대로 멈추면 안 된다. 따로 덧붙이지 않은 이런 당부들을 여
백을 채우는 빗소리 사이에서 소미가 어떻게든 알아차리기
를 바랐다.

"아, 뭔가 알 것 같아요."

소미의 말에 나는 다시 슬쩍 웃고 고개를 끄덕였다. 사실
이때는 몰랐지만, 지금 와서 생각해 보면 나는 소미에게 선

118

밖에서 버티는 법을 알려 주고 있었다.

그것도 너무 능숙하게.

우리 집에 놀러 와

얼마나 지났을까, 인기척이 사라지자 소미는 내게 이곳 열쇠를 줬다.

"선배가 여기서 지내세요."

"어?"

"열쇠 복사해 뒀거든요. 원래는 제가 집 나와서 지내려고 했는데 선배 주는 거예요. 오늘처럼 다른 애들 만나면 여기 주인 있으니까 다른 데 가라고 해 주세요."

그러니까, 입주 전 청소를 부탁하는 건가.

"그리고 애들이 다 안 오게 되면 여기를 우리 아지트로 삼는 거죠. 가끔 친구들한테 놀러 오라고도 하고."

나는 또 웃었다. 아무튼 상상력이 참 풍부한 애다.

"됐다, 앞으로 멘토제는 낮에 하자. 학교 밖에서."

나는 확실히 선을 그었다. 소미 같은 아이는 학교의 밤과 어울리지 않는다. 만약 학교의 밤에 어울리게 되면 그 엄청난 상상력을 발휘해 더 나쁜 쪽으로 이끌릴 게 뻔했다.

나는 면학실로 돌아가지 않고 혼자 신관 주변을 걸었다. 우산에서 떨어지는 빗방울이 마구잡이로 자란 풀들에 떨어졌다.

"진짜 담배 잡는 순찰이라도 도는 것 같네."

바로 이곳이 학교의 밤으로 넘어가는 경계였다.

선.

아직은 학생들이 남아 있지만 그렇게 시끄럽지 않은 상태. 실내는 아니지만 정문 밖도 아니라 애매하게 학교에 속하는 곳.

관리가 전혀 안 된 건물 뒤편.

"왜 내버려 두는 걸까?"

나는 소미가 말한 '선생님의 함정'을 생각했다. 왜 그냥 놔두는 걸까. 진짜로 한번에 싹 잡아들이려고? 그렇다기에는 학교에 이런 공간이 너무 많다. 나 같은 애들도 그렇고.

나는 소미가 준 질문의 답을 얻기 위해 학교의 낮에 다시금 그 선으로 가 보았다. 학교의 뒤편, 밤에 있을 때는 몰랐는데 여기 있으면 운동장에서도 보이지 않는다. 나는 미술실을 올려다봤다. 창문 안쪽으로 보이는 것은 없었다. 낮과 밤이, 비와 축축함이, 올려다보고 내려다보는 행위가 모두 생경했다.

내가 어디 속한 것인지 헷갈릴 지경이 됐을 즈음에 주변을 둘러봤다. 흙이 질척거렸고 왜인지 소미가 던진 책은 없었지만, 신관 창문에서 떨어뜨린 온갖 쓰레기가 가득했다. 그걸 치울까도 싶었다가 꽤 긴 청소가 될 것 같아 말았다.

그대로 다시 올라와 구름다리에서 대충 발을 털었다. 어제 건물 뒤편에서 쓸린 것인지 교복 바지 밑단이 살짝 찢어지고 발목에도 상처가 있었다. 그래도 티는 안 나겠지. 아무도 눈치 못 챌 것이다. 기껏해야 왜 3학년이 신관으로 온 것인지 궁금해서 그거에만 정신이 팔릴 테니까.

나는 다시 실내로 들어갔다. 2층으로 가는 동안 본 학교의 낮은 와자지껄했다. 마치 멈추면 온갖 부정적인 기운에 휩싸여 대학에 가지 못하는 저주라도 걸릴 것처럼 애들은 끊임없이 뛰고 떠들었다. 소리가 가득했다. 그게 어젯밤의 빗소리보다 더 안정감을 줬다.

"이상하네."

오묘한 기분을 떨치려는 것처럼 나는 미술실 문을 열었다. 거기에는 소미가 준 질문에 답을 줄 수 있는 유일한 인물이 있었다.

"어쭈? 이제 알아서 열쇠도 구하는 거야?"

책상 위에 앉아 있던 신지혜가 대견하다는 듯이 말했다. 괜히 기분이 나빴지만, 나는 신지혜를 여기까지 부른 이유를 설명했다.

"여기서 애들 담배 피운대. 저 밑에서도 그러더라."

어제 있었던 일의 자초지종을 전교 회장에게 늘어놓는 것만으로 나는 함정을 완성했다. 재한테 얘기하면 학생회 순찰 루트에 여기도 들어갈 것이고, 그렇게 되면 담배 피우던 아이들도 얼씬거리지 못할 거고, 소미가 이곳을 아지트 삼을 생각은 하지 못할 테니까.

"고생했어. 학생회 안건 되겠다. 그럼 앞으로는 이런 일 없을 거야."

"너도 뭐, 고생이 많네. 면학실도 잘 뒤져 볼게, 그 노트라는 거."

내 말에 대견하다는 표정을 지은 신지혜가 문을 열었다. 우리는 처음 만났을 때처럼 벽을 사이에 두고 인사했다.

"다음에, 여기 말고 네 진짜 집에 돌아가서 더 얘기해. 아, 돌아가는 길에 편의점 도시락이라도 사 먹든지 하고."

"아, 좀."

신지혜는 그렇게 날 배웅했다. 말투가 짜증 났지만 그냥 웃어넘기며 말했다.

"그래, 다음에는 우리 집에 놀러 와. 이제 라면도 먹을 수 있거든."

"그래, 좋겠다. 부럽네."

신지혜도 피식 웃었다. 역시나 신지혜는 질문의 답이었다. 선생님들처럼 함정을 파는 게 아니라 우리 선에서 돌려보내는 거다. 아니면 나처럼 제안을 핑계로 친하게 굴던가.

"근데 라면은 네가 사 와야 해."

"뭔 놈의 집이 라면도 없어?"

신지혜가 오늘 처음 웃었다. 나도 따라 웃고서 대답했다.

"그래도 손님방은 있어."

*

"너 실기에 쓴다고 찍어 둔 영상 괜찮더라. 옛날에 해 봤어? 하나도 안 흔들리던데?"

이른 아침, 진짜로 우리 집에 놀러 온 신지혜가 자고 있던 나를 깨우며 말했다. 내가 막 일어났다는 건 아무렇지도 않은 모양이었다. 나는 부스스 일어나 늘어지게 하품을 한 번 하고 신지혜가 들고 있던 태블릿 PC를 슬쩍 보며 물었다.

"이걸로 재생한 거야? 네 거?"

"아, 왜!"

내가 자기 화면을 보자 신지혜는 꼭 부모님이 방문을 갑자기 연 것처럼 기분 나빠했다. 그게 조금 서운하게 느껴지기까지 했다. 나도 모르게 얘랑 친해졌다고 생각한 걸까. 나도 모르게 비슷하다고 느꼈던 걸까. 괜히 머쓱해서 말을 이었다.

"아무튼 학교는 다 찍었어."

나는 신지혜에게 시나리오를 위해 핸드폰으로 찍어 두었던 영상을 몇 개 보여 줬다. 물론 보여만 줬지만, 아무래도 신지혜가 내 집에 와서 자신의 태블릿 PC로 파일을 옮겨 간 모양이었다.

"이제 안 돌아다닐 거야. 더 찍을 곳도 없고, 시나리오도 머릿속에서 대강 완성이니까."

"왜? 지하 1층은?"

"거긴 교직원용 엘리베이터 아니면 못 가잖아. 게다가 창고라서 그림도 안 예쁘고 도움 안 될걸."

"그럼 1등 노트는 어떻게 구하려고?"

"말했잖아, 이제 교실 사물함 따는 것 말고는 답이 없어."

신지혜는 살짝 고민하는 것 같았다. 아니, 걱정한다고 해야 하나. 느낌상 분명 신지혜도 선을 넘는다는 생각을 한 것이리라. 신지혜는 아직 나처럼 튕겨 나오지 않은 모양이지만, 언젠가 튕겨 나온다면 우리도 진짜 친구가 될 수 있지 않을까.

"그래, 절단기 가져오면 다시 이야기해. 뭐라도 챙겨 먹고. 간다."

"라면 사 오라니까. 가라."

수업이 모두 끝나고 야자가 시작됐을 때, 두홍이 또 그 복싱 선수와 그걸 응원하는 수녀님이 나오는 만화책을 덮고 내게 말했다.

"준영, 방학 때만이라도 과외 같이하자."

이제는 지칠 법도 한데 두홍은 자꾸만 농구든 뭐든 이것저것 하자고 했다. 특히나 과외는 몇 번을 거절해도 포기하지 않았다.

"방학에는 집에 일찍 들어가야 해서 심심하단 말이야."

앤 도대체 왜 이렇게 집을 싫어할까, 집에 무슨 일이 있나. 곰곰이 생각하다 보니 소미네 엄마가 떠올랐다. 다들 각자의 사정이 있겠지.

"난 됐어. 이쯤 되니까 궁금하네, 왜 자꾸 같이하자는 거야?"

두홍은 웃으며 대답했다.

"혼자 하면 심심하잖아. 친구랑 하면 모를까. 도빈이가 한 말 잊었어?"

"그래도 3학년 여름 방학이면 혼자만의 계획도 있어야지. 우리가 돈 모으는 것도 다 걔가 제안한 계획 중 하나인데."

내가 웃으며 말하자 이번에는 두홍이 물었다.

"나도 이쯤 되니까 궁금하다. 넌 뭘 그렇게 맨날 적는 거야?"

순간 두홍이라면 말해도 되지 않을까 싶었다. 하지만 곧 계획이 완성되니 조금만 더 참기로 했다. 내가 지금 하는 일이나 정리한 상황을 두홍에게까지 말한다면 난 친구와 나누는 이런 쓸데없는 대화도 다시는 할 수 없을 테니까. 두홍은 내가 아빠를 신경 쓰지 않게 해 주는 유일한 친구였다. 아, 신지혜도 조금.

"됐어. 나중에 네가 우리 집에 놀러 오면 말해 줄게."

두홍은 뭔 소리인가 싶은 표정이 되었고 나는 다시 엎드렸다. 친구에게 아빠에 대해 말할 수는 없었다.

지난겨울이 시작되었을 때, 아빠는 늘 그랬던 것처럼 잔뜩 취해서 나를 불렀다.

"앉아라."

작년과 비교하면 같은 사람이라고 느껴지지 않을 만큼 줄어든 체구, 비참하고 쓰린 눈과 꼬질꼬질한 옷. 무언가 결심이 선 것처럼 술을 연거푸 들이킨 아빠는 내 눈을 똑바로 바라보았지만 흐릿한 눈에 초점이 잘 맞지 않았다.

"아빠가 지금부터 하는 말 잘 들어. 돈을 가지고 열심히 시간표를 정리해. 규칙을 세워. 너도 이제 너만의 계획을 세워야 해. 그래야만 선을 넘을 수 있어."

"어떤 선이요?"

"그건 네가 정할 일이지."

"지금은 대학에 가는 게 제일 중요하죠."

"아빠가 어디 있는지를 묻는 사람이 있으면 바로 집을 나가라. 도망치고 피해. 경찰도 마찬가지야. 아니, 경찰이 오면 끝이지."

나는 고개를 끄덕였다. 사실 아빠는 전에도 같은 말을 한

적이 있었으니까.

"아빠 말 알아듣지? 아빠 계획을 실천할 때야. 우주의 기운이 왔어. 느껴져."

이 말도 분명 했었다. 다음 날 바로 실현될지 몰랐던 것뿐이지.

"아빠는 이제 죽은 사람이 될 거야. 그럼 경찰이 오겠지. 경찰서로 가서 실종 신고를 할 필요도 없어. 스스로 집을 구하고 밖에 나가서 살아. 아빠는 죽었다고 생각해. 그러니까 너도 네 인생 살고. 사람은 때리지 말고."

"사람을 왜 때려요. 알아요, 이제 저도 할 거 찾아서 뭐라도 되어야죠."

이게 마지막 대화인 줄도 모른 채 난 무뚝뚝하게 고개를 끄덕였다. 아빠는 나와 눈을 억지로 마주치려 했지만, 초점이 맞지 않아 그것도 실패했다. 아빠의 눈동자는 꼭 내가 아닌 다른 걸 보고 있는 것 같았다.

"다른 건 필요 없어. 자랑스러운 내 아들이 돼. 그럼 내가 너 때문에 돌아오지 않아도 되니까."

"네, 뭐, 그럴게요. 저는 이제 자려고요. 아빠도 주무세요."

하지만 마지막 대화라는 걸 알았어도 크게 다르지 않았을 것이다. 더구나 이런 일로 불쌍한 척하고 싶지 않았고,

다른 사람에게 말할 생각도 없었으니까. 그냥 아빠가 나가고 나면 도빈에게 '오늘 집 비니까 놀러 올래?'라고 한 번 정도는 물어볼까 싶었다. 그런 생각을 할 때 아빠는 마지막으로 말했다.

"준영아, 늘 상황을 기록하고 계획을 짜. 아빠처럼 되지 말고."

다음 날 아침, 아빠가 집을 나갔다. 경찰은 얼마 뒤 찾아왔다.

우리 아빠는 범죄자다.

책 도둑

본격적인 장마와 함께 습하고 기분 나쁜 여름이 시작되고 나서부터였을까. 상황은 통제할 수 없게끔 급격히 흘러갔다.

의미 없는 방학에 대비하기 위해 신지혜는 석식 시간이 끝날 무렵 학생회를 도서관에 소집했다. 내게도 참석해 있으라고 했다. 왜냐고 이유를 물으니 '이번이 마지막 회의라서'라고만 했다. 물론 간략하게 마지막 대의원 회의가 있다고만 했지만 아마 본격적으로 소문을 키울 생각인 것 같았다. 소문이 커질 마지막 기회이기도 했다. 도서관 구석에 숨어 지켜보라 해서 아무 책이나 골라 읽는 척하고 있었다.

"자, 다들 앉아."

신지혜의 말에 임원과 대의원으로 구성된 스무 명 남짓한 학생회원들이 도서관 중앙 책상에 빙 둘러앉았다. 신지혜를 보며 전교 부회장인 정필섭이라는 애가 말했다.

"신지혜, 이제 수시 원서 준비해야 돼. 갑자기 왜 부른 거야?"

"알잖아, 대학 가려고 부른 거야."

전교 부회장을 포함한 학생회 임원들이 신지혜의 독단적인 진행에 하나둘 불만을 표했다.

"조용히 해. 나도 시간 오래 빼앗을 생각 없어. 대답은 안 해도 되니까 일단 들어."

"알겠어. 이것도 회의록 남긴다?"

"부탁해. 서기가 일단 정리하고."

신지혜는 익숙하게 불만을 묵살했고 전교 부회장인 정필섭 역시 그를 따랐다. 기억하기로 리더십 전형은 전교 부회장도 쓸 수 있었지, 아마.

신지혜는 목을 한 번 가다듬고 말을 이었다.

"알다시피 이제 수시가 얼마 남지 않았으니까 우리 3학년은 이제 대의원 회의에서도 물러날 거야. 이번에 새로 선출된 전교 회장이 앞으로 내 열쇠랑 인수인계 파일 받아서 확인하고."

신지혜는 외장 하드 하나와 열쇠 꾸러미를 다른 학생에게 건넸다. 쟤가 새로운 전교 회장이구나. 넌 신지혜처럼 되면 안 된다,라고 말해 주고 싶었다.

"아무튼 이게 우리들 마지막 회의인 건데, 회의 안건은 다들 아는 그거야. 버려진 새끼인가, 책 도둑인가 하는 거. 하여간 별 이상한 게 다 귀찮게 구네. 지금 대학 갈 생각만 해도 벅찬 시간에 부른 건 다시 한번 사과할게. 나도 학생부장이 시켜서 어쩔 수 없다는 것만 알아 줬으면 좋겠어."

"마지막이면 기쁜 마음으로 해야지."

"그러게, 여기 오는 것도 끝인가."

"정 많이 들었는데 아쉽네."

학생회 임원들이 수군거리자 신지혜는 말을 잘랐다.

"회의 안건은 앞으로의 피해를 어떻게 막을지, 또 피해를 받은 학생들 입단속은 어떻게 할지, 이 두 개야."

"입단속은 왜?"

저 멀리서 듣고 있던 여학생의 말에 전교 부회장 정필섭이 대신 대답했다.

"다들 예민한 시기잖아. 누가 집에 가서 말이라도 꺼내는 순간 학부모들이 들고일어날걸. 사실 막을 방법은 없어. 자물쇠를 늘려도 학교에 들어올 수 있는 놈들은 들어와. 아니면 소지품 도둑맞았다고 주장하는 애들이 자기가 잃어버리고 핑계를 대는 건지도 모를 일이고."

"정확해. 그래서 우린 그 애를 안 잡을 거야. 일단 회의록에는 야간 자율 학습 시간 끝나고 방범을 돌겠다, 피해가 더 심해지면 학생회에서 돌아가며 자율 봉사를 하겠다, 뭐 이렇게 써 놔."

"다음은 입단속인데, 우리 선에서 되려나?"

"일단 반장들 입단속시키고 그래도 선생님들이 뭐라고 하면 그때는 가정통신문이라도 쓰게 하면 돼."

"그것도 맞는 생각. 선생님들 눈치는 계속 내가 살필 테니까 반장들은 네가 맡아. 톡방 파 놓은 거 있지? 거기에 공지만 해 두고."

"그럼 너랑 내 이름 회의록에 올릴게. 특이사항 있으면 서로 연락하자."

신지혜와 부회장은 서로 고개를 끄덕였다. 다른 학생회 임원들 중 입을 연 사람은 없었지만 얼추 안건에 대한 내용이 정리되고 있었다. 신지혜와 부회장이 어떠한 거래를 하는 것처럼 느껴지기도 했다. 하지만 다들 신경 쓰지 않고 익숙하게 짐을 챙겼다. 신지혜의 말을 끝으로 회의는 마무리

됐다.

"그럼 다들 대학 잘 가고, 2학년들이나 1학년은 뭐, 공부해."

우리들의 이야기는 정말 재미라곤 없다. 아무래도 난 좀 더 열심히 도망쳐야 할 것 같았다.

"안 가? 책이라도 읽게?"

"그건 아니고. 그나저나 너 진짜 전교 회장이긴 하네."

"또 무슨 거지 같은 소리야? 아, 네가 거지 같다는 건 아니야."

나는 설핏 웃으며 말했다.

"그냥. 넌 참 대학은 잘 갈 것 같아서 그렇지. 나중에 모른 척하지 마라."

"웃겨."

신지혜마저 나를 의심하거나 배신하지 않기를 바랄 뿐이었다. 계산적으로 생각하는 건 나도 마찬가지였지만 어쨌든 우리는 비슷했으니까.

그러니까 우리는 저런 관계와는 다른 거고, 친구였으니까.

"이제 어디 가려고?"

그날 오후, 두홍이 내게 물었다.

수업 끝났으니까 밥 먹으러 가지,라고 대답하려다 그럼

또 농구하자고 하거나 과외에 대해 말할 것이 분명했으므로 그냥 웃고 말았다.

다시금 학교에 모든 사람이 사라지고 나는 그림자도 들지 않은 곳들을 돌아다녔다. 이런 생활에 점점 더 익숙해져서 열쇠도 하루에 한 번씩 사용하고 시간을 어기지도 않았다. 규칙은 완벽하게 지키고 있었다. 다만 오늘따라 신지혜의 말 때문인지, 선생님이 종례 시간에 한 말이 걸렸다.

"다른 반에 자꾸 도난 문제가 발생하는 거 같은데, 너네도 조심해라."

분명 내 얘기였다.

나는 두 번째 등교 때 아무에게도, 신지혜에게조차 말하지 않았던 계획을 실행했다. 신지혜의 제안을 받고 학교를 돌아다니다 생각한 것이었지만, 만약 소문이 커지고 들킬 위험이 점점 늘면 나를 깊숙이 숨길 수 있도록 소문을 여러 갈래로 찢어 흐트러뜨려야 하니까.

난 일부러 한 반에 들어가 책상 두 개의 위치를 서로 바꿔두었다. 그리고 책상이 바뀐 반 학생의 책을 하나 꺼내 '부엌', 그러니까 기가실에 숨겼다. 부엌에 물을 틀어 놔 웅덩이를 만들었다. 그리고 다음 날 부엌에서 수업이 있는 우리 반 애의 공책을 찾아 웅덩이에 빠뜨렸다. 필기도 별로 없어 언제 사라져도 모를 공책 한 권이긴 했지만 학년, 반, 이름이 쓰여 있었다.

이렇게 하면 의심은 물에 종이가 젖어 가는 것처럼 이상한 두려움으로 스멀스멀 바뀔 것이다. 책을 도둑맞은 애는 우선 같은 반 아이들을 의심할 거고, 기가실은 생각도 안 하고 있겠지. 하지만 자신의 공책이 물에 젖은 걸 본 애가 책도 발견할 것이다.

책을 돌려받았다는 이야기가 톡방을 통해 퍼져 나가면 좋겠지만, 그러지 않는다고 해도 책 도둑에 관한 이야기, 그리고 공책이 젖은 이야기, 두 가지가 기묘하게 얽혀 퍼지게 될 거다.

괴상한 소문으로. 또 미스터리로.

싸움을 붙이는 것 같아 괜히 미안하기는 했다. 봉사 같은 일은 아니었으니까. 일단 이런 식으로 두 가지씩 사건을 엮을 생각이었다. 입시 이후에 쓸 돈을 모으기 위해서는 어쩔 수 없었다. 돈은 이제 괜찮…….

돈에 대한 계획을 복기하면서 돌아다니다 문득 그런 생각이 들었다. 만약 돈 문제가 없었으면 내가 집을 나오려고 했을까?

"언젠가는 나왔겠지."

하지만 어디든 언젠가는 익숙해질 것이다. 그러면 재미없을 거고, 또 할 수 있는 게 없어진다면.

"그런데 떠났다가 길을 잃으면 어떻게 돌아가야 하지? 어디로?"

언젠가 도빈이 했던 말을 떠올리고 되물으며 두 번째 등교를 마치고 집에 들어온 뒤 '세면대'에 가서 씻었다.

세면대의 문을 잘 잠근 뒤 다시 내 방으로 돌아와 의자 뒤에 수건을 걸어 말렸다. 전에 가져온 라면을 부숴서 봉지째로 컴퓨터 책상에 펼쳐 두고 물을 한 번 마셨다. 컴퓨터를 켜고, 불빛이 차오르고, 메모장을 켰다.

하루 일정을 정리하고 앞으로 남은 계획을 수정했다. 줄을 긋고 선을 그려 표를 만들고, 어떻게 하면 의심을 피하고 남들이 서로를 의심할 수 있을지 고민했다.

아무래도 유령보다는 더 현실적인 소문을 만들어야 할 것 같았다. 그러려면 누군가 이 이야기의 주인공이 되어 그쪽으로 관심이 쏠리면 좋은데.

"책 도둑의 정체를 누구 하나한테 뒤집어씌우면, 아니다, 안 돼. 지갑도 건들면 안 되고. 선을 넘으면 안 돼, 그건 그냥 범죄자가 되는 거야. 한 줄을 늘리려다 한 줄 긋게 된다고.

하아…… 음?"

책상에 이상한 게 보였다.

뒤틀린 글씨, 소름이 돋았다. 거부할 수 없는 어떤 미스터리가 나를 세차게 휩쓰는 게 느껴졌다.

내가 없을 때 누군가 여기에 왔다 간 흔적이었다.

"이게 뭐야?"

비도 내리지 않는데 천둥소리가 들렸다.

저번에 봤던 낙서 훨씬 더 아래에, 분명히 전에는 없던 낙서가 있었다.

내 집에서 나가

그 아이, 책 도둑이다.

나와 같은 아이

나는 끔뻑거리다 눈을 비비고 글을 썼다. 일단 1인칭 시점은 유지한 채로, 사실과 픽션을 섞어 이야기를 쭉 나열했다. 본격적인 사건을 풀어 가는 단락이었다.

내 이야기에서 책 도둑이 등장하는 시점.

학교에 흔하게 퍼진 소문 중, '버려진 아이'에 대한 것을 언급하지 않을 수 없다. 어떤 학교에라도 있는 흔하디흔한 괴담이었지만 경험은 괴담이 아닌 진짜 사실이었다.

가족들에게 버려진 아이가 몰래 숨어 산다는 이야기. 그 아이가 학교에 있는 물건들을 몰래 훔친다는 소문이 학교에 퍼졌다. 실제로 점점 사라지는 물건이 늘어나고 학생회 회의에 안건까지 올라가자, 상황의 심각성은 다른 친구들의 학업을 방해할 만큼 커졌다.

사람들은 당시 상황이 힘들었던 나를 의심했다. 나는 버려진 아이를 직접 잡아서 이 문제를 해결하려 노력했다. 하지만 그럴수록 점점 더 친구들과 멀어질 뿐이었다. 버려진 아이의 정체는 학교 안에서 남들 눈을 피해 몰래 살고 있는 가난한 학생이었다.

버려진 아이는 의심으로부터 도망치기 위해 자기가 스스로 정한 규칙들을 어기기 시작했고 꼬리가 밟혀 결국 붙잡혔다. 아이는 자신의 죄를 뉘우쳤고 다른 선생님들의 도움을 받아 사건은 평화롭게 마무리되었다. 하지만 이상한 일이 일어난 건 그때였다. 물건이 계속 사라지고 있었던 것이다. 그리고 그때 깨달았다.

학교에 살고 있는 사람이 '혼자'가 아니라는 걸.

*

학교는 언제나 미스터리로 가득하다.

그러니 추리를 해 보자. 만약에 내가 책 도둑이 아니라면 소문은 왜 났을까? 어느 학교에나 있는 학교 괴담이 때맞춰 터진 게 아닐까? 안일하고 멍청한 생각이었다. 명제의 처음부터 틀렸던 것이다.

나는 노트에 식을 하나 썼다.

1) 책 도둑에 대한 소문이 났을 때
(소문의 책 도둑은 학교에 있다) $\cap$ (나는 책 도둑이 아니다)
∴ 내가 아닌 진짜 책 도둑이 학교에 있다.

일단 '내 집에서 나가'라는 문장이 어떻게 해석되는지에
따라 다르겠지만 간단히 생각해 보면 나 말고 이 학교에 살
고 있는 다른 학생이 있다는 뜻이지 않을까?

학교에 처음 갇힌 날, 나를 보고도 그냥 갈 수밖에 없었던
제3의 인물.

"선배, 뭐 해요?"

여기까지 생각했을 때 소미가 다가왔다. 나는 들켜서는
안 될 치부를 숨기는 것처럼 다급히 노트를 가렸다. 특히나
집을 나오려고만 하는 소미한테는 더욱.

"선배가 핸드폰이 없으니까 불편하긴 하네요. 수시 준비
하는 중이에요? 어디로 가려고요?"

"어, 여러 군데 고려 중이야. 근데 그건 왜?"

"나도 보여 주면 안 돼요? 나중에 참고하게."

너에게는 도움이 안 되지 않을까. 나는 대답을 꾹 참고 화

제를 돌리려 물었다.

"나중에 다 쓰면 보여 줄게. 여긴 자주 오는 곳이야?"

소미는 그렇다고 말하며 맞은편 자리에 앉았다. 저번 만남에서 소미와 다음 멘토제를 하기로 했던 곳은 이곳, 테이블이 하나밖에 없는 작은 카페였다. 인테리어라고 해 봤자 학생들이 벽에 쓴 낙서가 전부였다.

"그나저나 선배 저번보다 살이 많이 빠졌는데요? 뭐 좀 먹을래요? 여기 멜론빙수 되게 맛있는데."

"그런가? 난 이거면 충분해. 멜론만 먹으면 속이 안 좋더라고."

제일 싼 아메리카노값도 아까운 상황이었지만, 급식비를 위해서도 그렇고 소미가 집을 나가거나 나에 대해 말하고 다니지 못하게 감시하기 위해서라도 이곳에 와야만 했다. 처음 알았지만 멘토제 평가가 좋지 않으면 멘토에서 잘리고 당연히 급식비는 날아가는 시스템이었다. 장학금을 전부 급식비로 쓴다고 해도 점심까지만 해결할 수 있고 저녁은 굶어야 했지만.

"사람도 별로 없고, 제가 제일 좋아하는 카페예요. 대부분 여기 카페가 있는지도 몰라요."

쑥스러워하며 말해서 마치 내가 소미만 아는 비밀 장소

에 온 것 같았다. 둘만의 공간을 공유하는 듯한 느낌이었는데, 너무 로맨틱한 생각이어서 그만뒀다. 순간 운동장 한가운데 선 것처럼 퍽 외로워졌다.

"근데 선배도 그 소문 들었어요? 책 도둑?"

"응? 그걸 네가 어떻게 알아? 1학년들도 다 알아?"

"저 반장이거든요. 그리고 얘기 안 했나? 학생회 회의에서 나온 안건은 저희 학년도 알고 있어요. 근데 그거 사실이에요? 고3 교실에서만 그런다고 하던데?"

"나도 잘 몰라."

아뿔싸, 생각해 보니 지금껏 단서를 남긴 게 고3 교실뿐이었다는 사실을 소미와의 대화를 통해 새삼 깨달았다. 그렇게 되면 사람들이 고3을 대상으로 추측하기 시작할 텐데 그건 너무 위험했다. 만약 경비 아저씨가 고3 교실 위주로 돌아다니기 시작하면, 아니, 학부모든 선생님이든 밤의 학교를 하루라도 지켜보는 이상 안 들킬 수는 없다. 앞으로 좀 더 조심을…….

"선배가 선배 소문도 모르면 어떻게 해요?"

"컥!"

서둘러 휴지로 입을 막았다. 당황하면 정말로 사레가 들리는구나 싶었는데, 곧장 고개를 저었지만 내 반응으로 소미는 책 도둑의 정체를 확신한 모양이었다.

"진짜로 아니라고 했잖아."

'사실 난 진짜가 아니야. 내 생각에는 나 말고 학교에 사는 애가 하나 더 있고, 걔가 책 도둑인 것 같아.'라고 말해 버리고 싶은 충동이 들었지만 겨우 참았다.

"선배가 진짜 책 도둑 맞아요."

하지만 소미는 역시 듣지 않았다.

"정말 아니야, 원한다면 우리 집을 보여 줄 수도 있어."

"선배가 책 도둑이 맞는다는 증거도 있어요."

"증거가 있다고?"

소미는 잠깐 망설이더니, 확실하지 않은 어조로나마 책 도둑을 추리하기 시작했다.

"제가 생각하기로, 책 도둑은 책만 훔치지 않아요. 뭔가 규칙이 있는 것 같고…… 또 밤에만 움직여요. 그런데 애들이 하는 말로는 소문이 좀 바뀐 적이 있더라고요. 버려진 아이라고 했었나? 근데 화장실에 굴러다니는 칫솔을 보고 애들이 떠든 것뿐이었어요. 그런데…… 갑자기 선배랑 만나고 나서 소문의 증거가 더 늘어났단 말이죠?"

"무슨 말이야?"

"처음에는 그냥 누가 장난치는구나 했는데 노트가 다른

반에 가 있거나 기가실에 물이 틀어져 있거나 했다더라고요. 결론적으로 지금 학교를 자유롭게 돌아다닐 수 있는 어떤 애가 자기 자신을 소문내는 중이라고요. 딱! 선배를 만난 후부터."

완벽한 추리였다.

하지만 동시에 뭔가 석연치 않았다. 내가 원하는 대로 된 거라면, 내 책상에 낙서를 해 놓은 진짜 책 도둑의 기분은 어땠을까? 마치 자신의 정체를 누군가 밝혀내려는 것처럼 느껴지지 않았을까?

"아니에요?"

하지만 소미가 재차 물었고, 나는 아니라고 대답하려는 걸 꾹 참으며 서둘러 말을 돌렸다.

"집 나오려는 건 잘돼 가?"

"아뇨, 집을 나와도 엄마가 찾지는 않겠지만 머무를 곳이 없으니까. 여러모로 알아보고 있어요."

나는 소미의 이야기가 허무맹랑하지 않고 오히려 현실적인 고민이라는 걸 깨달았다.

"뭘 알아보고 있는데? 월세?"

"그건 부모님 동의가 없으면 안 돼요. 글쎄 청소년은 월세 계약을 할 수 없대요."

차라리 그게 더 좋은 것 같았다. 청소년이 월세를 얻는 게 법으로 가능하면 소미 같은 애들은 무작정 집을 뛰쳐나왔을 테니까.

"무턱대고 나오면 답이 없지. 그건 자유로운 게 아니라 위험한 거야."

"그래도 언젠가 나오긴 할 거예요."

소미가 확신에 차서 말했다. 그 모습이 작년의 나와 닮아 보였다. 하지만 집에서 나오는 게 얼마나 위험한 일인지 소미는 알까. 진짜 책 도둑의 낙서만 봐도 그렇다. 그러나 그마저도 내가 할 소리는 아닌 것 같았다.

"공부나 면학실에 관해서 물어볼 건 없어?"

"그런 건 너무 일반적인 질문 아니에요?"

"어, 멘토제가 원래 일반적인 질문 하려고 만나는 거거든."

소미는 종종 핸드폰을 꺼내 봤지만 내가 말을 하면 곧잘 고개를 들고 웃었다.

"선배네 집 구경해도 돼요?"

"어, 왜?"

소미는 정말 의도를 알 수 없는 말만 하는 애였다.

간질거리는 기분이 불편하지는 않지만 싫은, 그런 느낌이라고 해야 하나.

"아까 보여 준다면서요. 집 나온 사람이 어떻게 살고 있는지 보면 도움이 될 것 같아서요."

"내가 아니라고 했잖아. 그게 말이 된다고 생각해?"

내가 이렇게 묻자마자 소미가 바로 울어 버렸다.

"흑."

"왜 그래. 아, 제발."

"엄마가, 맨날 때려요. 근데 아무도 제 말을 안 들어 줘요. 선생님에게 말해도 그냥 넘기기만 하지, 친구들한테는 말 못 하니까 맨날 앞에서 웃기만 하고. 진짜 내 얘기를, 나랑 같은 입장에서, 들어 주려는 사람이 없어요."

이 말을 듣자마자 생각했다.

아, 학창 시절이란. 모든 게 다 어렵다.

다음에는 꼭 같이

"휴지, 휴지."

"집에 와도 아무도 안 기다리고 맨날 혼자⋯⋯."

소미는 휴지로 코까지 풀며 엉엉 울었다. 이런 일은 처음이라 너무 당황스러웠다. 어떻게든 소미의 울음을 그치게 하기 위해 급하게 위로의 말을 골랐다.

"괜찮을 거야. 정 참다가 안 되면 잠깐 숨 돌리는 것도, 아니, 주변에 도움을 구하면서 최대한 긍정적으로⋯⋯ 어?"

순간 나도 선생님과 똑같은 소리를 하고 있다는 걸 깨달았다. 이건 아닌데, 하며 축축한 손으로 얼굴을 한 번 쓸었다. 갑자기 나도 울고 싶어졌다.

"다, 다음에 만날 때는 학교에서 보자. 밤에. 네 말이 맞는지 확인시켜 줄게."

소미는 잠깐 사이에 옷을 다 적시는 가을비 같다. 그냥 눈물을 닦아 주고 싶은 것뿐이었는데 나도 모르게 소미에게 약속해 버렸다.

"그 대신 자고 가는 건 안 돼."

"그럴 생각 없어요. 뭐야, 선배 저 좋아해요?"

"어, 그렇긴 했겠지. 아니 그게 아니라, 좋긴 하지. 학교 선배로서."

순식간에 눈물을 멈춘 소미는 눈물 가득한 눈으로 웃으며 말했다.

"사실 엄마가 때린다는 건 거짓말이었어요."

참 이상한 애다. 선이 없다고 할까. 어디든, 어떤 마음이든 넘을 수 있는 사람. 난 정말 소미가 싫었다. 싫어하려고 했다. 자꾸 내 집에 오려고 하는 게 꼭 내가 속한 이 학교의 밤에 들어오려고 하는 것 같아서. 소미는 기껏 그은 선을 이토록 쉽게 지워 버렸다.

"내가 지금 이럴 때가 아닌데."

"저도 후배로서는 선배 좋아해요."

소미는 약간 붉어진 얼굴로 배시시 웃었다. 난 지금 내 앞에 있는 소미를 도저히 모르겠다. 이번 모의고사 수학에서 제일 어려웠던 문제보다도 어렵다.

*

그래도 책 도둑에 관한 건 보류할 수밖에 없었다. 이제 진짜로 희망하는 전공을 정해야 했으니까.

각 대학 밑에 학부, 그 밑에 학과가 있고, 학과마다 배울 것들이 또 나뉘어 있었다. 모두가 같은 걸 공부하는 고등학교와는 다른 느낌. 이제는 셀 수 없을 만큼 더 세밀하게 구분된 선들이 내 앞에 놓여 있었다. 나는 이 중에 어느 것을 골라야 할까.

영상학과가 아니라 사회과학대학 디지털미디어학부 자율전공, 예술체육대학 연극영화학과라니. 여기서 뭘 배운다는 거지? 세부 전공은 그럼 어떻게 선택한다는 거야? 일단 들어가고 성향이 안 맞아서 전과하려면 어떻게 해야 하는 건데? 각 대학교 입학처 상세 페이지를 볼 때마다 더 혼란스러웠다.

어쩔 수 없이 친구들에게 도움을 청했다. 처음은 두홍이었다.

"두홍, 넌 어느 전공 가려고 해?"

두홍이 복도에서 곰곰이 생각하다 뒤를 돌아 대답했다.

"난 대학에 가려고 한 적이 없는데?"

다음은 신지혜였다.

"야, 넌 어디 갈 거야? 왜 대학에 가려는 거야?"

신지혜가 날 보지도 않고 신경질적으로 대답했다.

"넌 그걸 질문이라고 해? 만약 내가 대학 안 간다고 말하면, 그때는 정말 끝이야. 엄마가 날 죽이려고 하고 집은 곧장 시궁창이 되겠지."

신지혜는 내 질문에 화가 많이 난 것 같았지만 난 눈치를 보고 조금 더 물었다.

"아니 그런 거 말고 목표. 왜 이 학부, 학과를 지원했는지 같은 거 말이야."

"그냥 내 장점을 고려해서 정하는 거지. 알잖아, 나 정치외교학과 지망생인 거. 지금 나만큼 정치와 외교에 밀접한 애가 어디 있냐?"

하긴, 신지혜가 정치인이 되면 잘하겠다 싶었다. 그러면 나는 뭐에 관심 있고 뭘 잘하더라? 학교에서 한 번도 알려 준 적이 없어서 당황스러웠다. 나는 마지막이라 생각하고 교무실로 선생님을 찾아갔다.

152

"네 장점이 뭐냐고? 준영이 너는 나중에 뭐가 되고 싶은데?"

"직업이요? 잘 모르겠어요."

이대로는 진로를 정하기는 커녕 연애도 한 번 못 해 보고 범죄자가 될 것 같긴 한데……. 선생님은 배드민턴 채로 내 어깨를 톡톡 치며 말했다.

"몰라도 돼 그건. 나도 아직 모르거든. 당장은 대학생 말고 다른 게 될 필요는 없지. 그 뒤는 그때 가서 정해도 늦지 않으니까. 원래 청춘이라는 게……."

"아, 예전에 들었던 말 같아요."

난 교무실을 들락날락하는 애들을 보며 건성으로 대답했다. 갑자기 아이들이 웃고 떠드는 모습에 짜증이 났다.

"다른 데 보면 꿈을 가져라, 같이 고민해 주마, 이러던데. 선생님은 왜 그렇게 말하시지 않는 거예요? 개기는 건 아니고 그냥 궁금해서요."

선생님은 내 말을 이해하기 위해 노력하는 것처럼 한참을 고민하더니 대답했다.

"학생들은 이제 선생님을 믿지 않으니까."

"믿기는 해요."

"그래 주니 고맙네."

선생님은 날 보며 피식 웃었다.

"그냥 같이 공부하는 거야."

"수업 말씀하시는 거예요?"

선생님은 만 원짜리 지폐 두 장을 내게 건네며 말했다.

"선행 학습이다 학원이다 과외다, 배울 수 있는 곳은 학교 말고도 많아. 어쩌면 나보다 더 잘 가르치는 사람도 분명히 있겠지. 그래도 난 너희들 선생님이니까. 어떻게 하면 사고 안 치고 대학도 잘 가고 취업도 잘할까 고민해야지. 선생님도 인간이야. 너희 인생이 얼마나 중요한 건데 그걸 함부로 정해 줄 수 있겠냐? 나도 계속 공부할 수밖에."

"뭐를요?"

"준영이, 너 같은 애들."

그러고 보면 전공을 먼저 고민하라고 한 것도 선생님이 유일했다. 대부분은 성적에 학교부터 맞추는 게 일반적이니까. 난 선생님 같은 선생님이 있다는 게 좋았다. 하지만 이런 선생님의 말에 또 외로워졌다. 나에 대해 말할 수 없다는 사실에 그랬다. 지금까지의 나에 대한 건 학교에 알릴 수 있는 내용이 아니었으니까.

"됐다. 너네 나이 때는 나쁜 짓만 안 하면 돼."

내가 지금 지켜야 할 일이 가장 지키지 못한 저것뿐이라니. 내가 대학 가려고 하고 있는 짓을 선생님이 알면 뭐라고 말할까. 궁금하지도 않았다. 나는 생각을 하느라 잠시 침묵했다. 그러자 선생님도 주제를 바꾸려는 것처럼 내게 물었다.

"그나저나 우리 반에서도 뭐 도난당한 게 나왔다며?"

진중하게 아빠 이야기를 할까 고민하고 있었는데, 대화는 더욱 아슬아슬하게 변했다.

"네, CD 플레이어라고 했던가. 아직 못 찾았대요."

최근 반마다 도난품이 점점 늘어났고 나 때문은 아니었다. 즉 나 아닌 책 도둑의 짓이라는 말이다.

얼마 전 소미를 만났을 때 생각했던 책 도둑에 대한 짐작이 현실로 드러나고 있다. 걘 지금 내 존재를 불쾌해하고, 나를 집에서 몰아내려고 한다. 어떻게든 의심받게 해서 날 집에서 쫓아내려는 심산이 틀림없었다. 아직은 내가 누군지 정확히 모르는 것 같았지만.

"뭐 아는 거 없냐?"

선생님의 의미심장한 말이 대놓고 나를 의심하는 것보다 마음에 더욱 아프게 들어와 박혔다. 내가 진짜 범죄자가 되면 선생님은 뭐라고 할까.

"선생님!"

그때 이름도 모르는 옆 반 남자애 하나가 잔뜩 화가 난 상태로 교무실로 들어왔다. 성적이 떨어졌다고 자신의 담임 선생님에게 오히려 역정을 냈다. 선생님 때문에 자신이 대학에 못 가면 책임질 거냐면서.

"22번 답 정정을 왜 안 해 주세요?"

"얘는, 네가 더 열심히 했어야지. 교과서에도 그대로 나오는 건데."

"교과서에 나온 건 아는데 내신에 반영되는 거면 좀 더 신경 써 주실 수 있잖아요?"

그 모습을 지켜보던 담임 선생님이 옆 반 선생님을 도우러 일어났다.

"다음에 이야기하자. 이만 나가 봐."

선생님은 내 표정을 보고 또 멈칫하더니 고개를 돌리고 말했다.

"다음에는 꼭 같이 고민해 주마."

소미가 우리 집에 오기 전 준비할 일이 산더미였지만, 우선은 해야 할 일을 먼저 하기로 했다.

신지혜가 준 커다란 쇳덩이, 더럽게 무거운 절단기를 가방에 넣고 열쇠를 챙겼다. 밤낮의 균형이 사라진 지 오래라 여간 피곤한 게 아니었지만 오늘도 두 번째 등교를 시작했다.

"책 도둑도 찾아봐야지."

새로 생긴 낙서를 의식해 봤자 대응할 수 없었다. 걔도 열쇠를 가졌을 것이고, 그 말인즉 언제든 우리 집에 다시 들어올 수 있다는 소리였으니까.

을씨년스러운 분위기 속에서 11반으로 향했다. 여자 반은 처음이었지만 이번이 마지막이라고 스스로를 타일렀다. 1등 자리만 확인하고 바로 나가면 되니까. 낮에 확인한 대로 앞문에는 자물쇠가 걸려 있었고 뒷문 역시 잠겨 있었다. 조심스럽게 가방을 복도에 두고 왼쪽 미닫이 창문을 열었다. 창틀에 매달렸다가 몸을 반대로 돌려서 교실로 넘어갔다. 바로 밑에 있는 책상에 간신히 발이 닿았다. 따로 연습한 적도 없는데 하필 이런 쪽에 재능이 있다니.

곧장 뒤편 사물함 중 1번의 것을 찾았다. 잠겨 있는 자물쇠에 면학실에서 본 비밀번호를 눌러 봤다. 1101. 열리지 않았다.

절단기를 꺼냈다. '이준호'라는 전교 1등의 이름 옆에 걸린 자물쇠를 힘을 주어 잘랐다. 다행히 큰 소리도 없이 잘린 자물쇠가 바닥에 뒹굴었다.

열까? 그냥 갈까? 아니야, 이렇게 자물쇠까지 잘랐는데.
문을 열고 핸드폰 불빛을 켰다.

"이게 뭐야?"

또각

사물함 안에는 달력밖에 없었다.

매일 공부 양을 적는 체크리스트 일력이었는데 온통 완료 줄이 그어진 것 빼고 다른 특별한 건 없었다. 4월, 5월, 그리고 다음 장을 넘겨도 마찬가지였다.

그런데 그때,

또각

복도에서 발소리가 들렸다.

나쁜 짓을 하다 들킨 어린아이처럼 심장이 멎을 것만 같았다. 또각, 사물함을 조용히 닫은 뒤 서둘러 자물쇠만 챙겨 몸을 숙였다. 또각, 숨을 고르고 복도 창문 쪽 아래에 붙었다. 옅은 불빛이 창문 너머로 보였다. 또각, 그날 학교에 갇혔을 때와 같은 상황이었다.

하지만 오늘은 그날과 다르다.

오늘은 내가 저 불빛의 주인이 나와 같은 상황이라는 걸 알고 있다. 저 발소리의 주인은 귀신도, 그림자도, 소문도 아니다. 나는 손에 든 절단기를 두 손으로 꽉 쥐었다. 조심스럽게 창문 사이 기둥 쪽으로 몸을 움직여 저쪽에서는 확인할 수 없을 만한 위치에서 밖을 살폈다. 주변보다 더 어두운 작은 형태가 있다.

누구지? 넌 도대체 누구야?

또각

불빛과 발소리가 교실 반대편으로 가는 게 느껴졌다. 우선 달력을 서랍에서 꺼낸 뒤 가방에 넣었다.

상황을 파악하고 계획을 세우자. 지금 내가 먼저 책 도둑을 친다면 어떻게 되지? 아니야, 그러려고 학원 다니며 복싱을 배운 게 아니다. 핸드폰으로 사진을 찍는 건? 그렇게

만 된다면 신지혜가 찾아왔을 때 그 사진으로 코디 선생님과 새로운 계획을 짤 수도 있다. 내가 가장 바라는 것이었다. 만약 그렇게만 된다면 신지혜도 나도 누군가의 물건을 훔치는 짓으로 대학에 가지 않아도 되니까. 나 때문만은 아니었다. 신지혜가 신경 쓰였다. 내가 1등의 노트를 구하지 못하더라도, 신지혜는 대학에 가야 한다.

숨이 차올랐다. 불빛이 방향을 틀었고 난 핸드폰을 조용히 꺼내 들었다. 만약 책 도둑의 사진을 찍을 수 있다면 학교에 같이 살고 있는 이웃이니 다정하게 인사라도 해야지, 하는 생각이었다.

또각

불빛이 천천히 내가 있는 11반을 비췄다. 이제 나도 나갈까?

몸을 슬슬 일으켜 봐도 책 도둑의 얼굴은 보이지 않았다. 그때 불빛이 서서히 위로 올라갔고, 난 그제야 내가 들어온 창문을 닫지 않았다는 걸 깨달았다.

"아."

또각또각또각또각또각또각또각또각또각또각또각또각

또각또각또각또각또각또각또각또각또각또각또각또각

또각또각또각또각또각또각또각또각또각또각또각또

각또각또각또각또또각또각또각또각또각또각또각또

각또각또각또각또각또각또각또각또각또각또각또각또

각또각또각또각또각또각또각또각또각또각또각또각

또각또각또각또각또각또각또각또각또각또각또각또

각또각또각또각또각또각또각또각또각또각또각또각

또각또각또각또또각또각또각또각또각또각또각또각

또각또각또각또각또각또각또각또각또각또각또또각

또각또각또각또각또각또각또각또각또각또각또각또

각또각또각또각또각또각또각또또각또각또각또각또각또

각또각또각또각또각또각또각또각또각또각또각또각또각

또각또각또각또각또각또각또각또각또각또각또각또

각또각또각또각또각또각또각또각또각또각또또각또

각또각또각또각또각또각또각또각또각또각또각또각

또각또각또각또각또각또각또또각또각또각또각또각또각

또각또각또각또각또각또각또각또각또각또각또각또

각또각또또각또각또각또각또각또각또각또각또각또또각또

각또각또각또각또각또각또각또각또각또각또각또각또각

또각또각또각또각또각또각또각또각또각또각또각또각또
각또각또각또각또각또각또각또각또각또각또각또각또각또
각또각또각또각또각또각또각또각또각또각또각또각또각또
또각또각또각또각또또각또각또각또각또각또각또각또각또
또각또각또각또각또각또각또각또각또각또각또각또각또각또
또각또각또각또각또각또각또각또각또각또각또각또각또각또
각또각또각또각또각또각또각또각또각또각또각또각또각또각
또각또각또각또각또각또각또각또각또각또각또각또각또각또
각또각또각또각또또각또각또각또각또각또각또각또각또각또
각또각또각또각또각또가또각또각또각또각또각또각또각또또
각또각또각또각또각또각또각또각또각또각또각또각또각또각
또각또각또각또각또각또각또각또또각또각또각또각또각또각
또각또각또각또각또각또각또각또각또각또각또각또각또각또
각또각또각또각또각또각또각또각또각또각또각또각또각또각
또각또각또각또각또각또각또각또각또각또각또각또각또또각
또각또각또각또각또각또각또각또각또각또각또각또각또각또
각또각또각또각또각또각또각또또각또각또각또각또각또각또
각또각또각또각또각또각또각또각또각또각또각또각또각또각
또각또각또또각또각또각또각또각또각또각또각또각또각또각
또각또각또각또각또각또각또각또각또각또각또각또각또각또각

또각 163

순간 도망치는 책 도둑의 발소리가 복도에 울려 퍼졌다.

이를 놓칠세라 가방을 들쳐 메고 절단기를 손에 쥔 채 뛰었다. 그렇게 시작된 새벽의 학교, 빗속의 추격전. 다른 생각은 없다. 책 도둑을 잡아야 한다.

"야!"

추격을 계속했다. 밤의 어둠이 모든 곳을 덮었다.

대답은 없었지만 내가 포기하지 않고 따라온다는 걸 알았는지 책 도둑은 쿵쿵, 커다란 발소리를 내며 계단을 뛰어내리고 있었다.

4층에서 3층, 그리고 다시 2층. 내가 느릴 수도 있지만, 쟤도 보통 속도는 아니었다. 계단을 열 칸씩 넘어 2층에서 1층 사이 계단까지 바짝 추격했다. 1층에 도착할 무렵 소리가 사라진 걸 깨닫고 2층으로 다시 뛰었다.

그러자 2층 복도에 있는 검은 형체, 책 도둑 역시 숨기를 포기하고 다시 내달렸다.

"거기 서! 얘기 좀 하자!"

2층 끝에서 끝까지 내달린 후 1층으로 내려와 추격을 계속했지만, 본관 중문에 다다랐을 때 소리는 사라졌다. 복도를 급히 살폈다.

어디지? 밖으로 나간 건가? 아니면 어딘가 숨었나?

숨이 턱 끝까지 차 주변을 두리번거렸다. 복도에는 다시금 텅 빈 어둠만이 가득했다. 포기할 수밖에 없었다. 놓쳤다. 숨이 차서 그런지 흥분이 가라앉지 않았다. 하지만 흐릿하게 뛰어가는 형체를 포착한 사진을 보며 확신했다. 분명 우리 집에 살고 있는 건 나 혼자가 아니다.

비가 내리던 날, 우리의 첫 만남이었다.

*

"개조졌네."

지난밤, 추격전 끝에 집으로 들어가 문을 잠그고 의자로 문 앞을 막았다. 밤새 잠을 자지 못했다. 배고픔인지 졸린 건지 아니면 여기가 아닌 곳으로 나가고 싶은 절박한 마음 때문인지, 일어나자마자 머리가 지끈거리고 온몸이 쑤셨다. 다시 교실로 돌아오자마자 잠을 자기 위해 엎어졌다. 순간 누군가 나를 깨웠고 발작하듯 일어났다.

"준영, 농구 고?"

두홍이었다. 나 말고 친구도 많은 애가 왜 맨날 나한테만 이러는 걸까. 도저히 상황이 정리되지 않아서 대답하지 않왔다.

"뭐야, 점심 먹으러 안 가?"

머리를 싸잡은 나를 집요하게 바라보는 두홍이 느껴져 결국 대답했다.

"미안, 안 먹을 거야. 속이 안 좋아서."

"아니면 보건실 가서 좀 쉬든가. 선생님한테는 내가 대신 말해 줄게."

"됐어, 별거 아니야."

"왜, 많이 아픔?"

안 아파, 졸려서 그런 거니까 신경 쓰지 마, 라고 얘기하려다 그냥 다시 엎드렸다.

"아오, 그나저나 내 CD 플레이어 어디 갔냐, 오래 쓰던 거라 진짜 중요한 건데. 진짜 그 책 도둑인가 버려진 새끼인가가 훔쳐 갔나."

아무렇지 않게 뱉은 말에 발끈하고 말았다.

"아니야, 그냥 네가 어디 처흘린 거겠지."

"하긴 내가 좀 덤벙거려야지. 이번에 만화책도 있던 거 하나 더 샀더라. 왜, 서점에 만화책은 포장지에 싸여 있잖아."

"아, 나 좀 자자."

두홍은 내가 짜증을 내자 오히려 걱정스러운 눈빛으로

물었다.

"요즘 무슨 일 있음? 너 바지도 찢어졌고, 심한 것 같은데. 그냥 조퇴하고 집에 가."

아프지도 않은데 눈물이 찔끔 날 것 같았다. 조퇴하고 갈 곳은 없었다. 학교가 아닌 다른 곳에 가 봤자 나는 이곳으로 돌아와야 한다. 엎드린 채로 웅얼거렸다.

"여기가 내 집이야."

두홍이는 킬킬거리며 웃어넘겼다.

"이야, 대학에 가긴 하겠네."

5교시, 담임 선생님의 수업 시간, 예기치 못한 위기가 찾아왔다.

"그럼 수업은 여기까지 하고. 선생님이 할 말이 하나 있다. 자는 애들 다 깨워라. 너네도 알다시피 두홍이 CD 플레이어가 사라졌다. 이렇게 말하니까 꼭 옛날 영화 같네."

꾸벅꾸벅 졸고 있던 애들까지 일어나 새로운 흥밋거리에 집중했다.

"지금 같은 상황에서 옛날 영화 같았으면 눈 감고 조용히 손 들라고 하겠지만 너네도 이제 약아서 알잖아. 그런 건 불편하기만 하지."

선생님이 심드렁한 표정으로 배드민턴 채를 휘두르며 농담처럼 이야기하니 아이들도 웃었다. 물론 나는 불편해 죽을 것 같았지만.

"어이 김두홍 씨, CD 플레이어가 어디서 사라졌죠?"

"사물함에서요."

"평소 사물함을 잘 안 잠그고 다니나?"

두홍이도 이런 추리를 재미있어하며 대답했다.

"네, 냄새가 심해서 환기가 필요합니다."

아이들은 또 키득거렸다.

"그럼 가져가기 쉬운 물건이라는 거고 네 잘못도 있다는 거지. 인정?"

"아, 인정. 아깝긴 하지만 어쩔 수 없죠."

"두홍이랑 제일 친한 애가 누구냐?"

반 애들은 망설임 없이 고개를 돌려 나를 보았다.

"그럼 준영아, 네가 가져갔냐?"

다른 애들은 전부 웃으며 이 분위기를 즐기고 있었지만 나만 그러지 못했다. 이 교실에서 나만 다른 곳에 있는 느낌이었다. 나는 곧장 대답했다.

"아니요."

선생님이 웃으며 말했다.

"자, 두홍이랑 제일 친한 친구가 안 훔쳤다고 하네. 너네도 두홍이랑 친하지?"

"네."

"너네도 알다시피 친한 애들끼리는 뭘 훔치지 않아. 그리고 우리 반 애들은 다 두홍이랑 친하고. 따라서 연역법에 따라 우리 반에서는 친구끼리 서로 의심하고 그러지 마라. 이걸로 더는 얘기하지 말고 공부나 해. 이상, 수업 끝!"

선생님은 배드민턴 채로 반장을 가리켰고 반장은 선생님께 인사했다. 연역법은 무슨, 나만은 얼굴이 터질 것 같아서 인사하지 않았다.

그날 밤, 6반에서 지갑을 하나 주웠다. 그 안에는 교통 카드와 천 원짜리 세 장, 친구들과 찍은 사진들, 학원 시간표와 카드가 들어 있었다.

학생증에 있는 얼굴은 몹시 평범했지만 난 걔가 이전에 교무실에서 화내던 학생이라는 걸 알아차렸다. 난 곧장 지갑에서 돈을 꺼냈다. 그리고 하수도에 버렸다. 그렇게 첫 번째 규칙을 스스로 깼다.

왜인지는 모르겠다. 그런데도 선을 넘고 있다는 생각이 들지 않았다. 학교의 밤에 이런 기분이 들긴 처음이었다. 점점 궤도를 이탈해 내 인생의 어느 지점을 지나고 있는지 모른 채, 완전히 길을 잃은 기분.

마치 자신으로부터 점점 도망치는 것처럼.

다음 날 저녁, 신지혜가 면학실로 찾아왔다. 어제오늘 해가 떠 있는 내내 책 도둑 때문에 마음 졸일 때 보이지 않던 애가 나타나니 조금 서럽기까지 했다. 우리는 빈 교실로 들어갔다.

"야, 이준영. 너 미쳤어?"

게다가 만날 때마다 이런 식이니 더 서러웠다.

"그건 내가 할 말이야. 전교 1등 사물함 열고 확인했어. 달력뿐이야. 책이나 노트는 없었다고. 넌 알고 있었지?"

내가 덤덤하게 묻자 그제야 신지혜도 움찔하는 게 보였다. 큰소리친 건 아니지만 잠을 이루지 못해 표정이 안 좋게 나왔다. 뭔가 들킨 모양새로 화들짝 놀란 신지혜가 망설이다 의자에 앉아 말을 이었다.

"몰랐어. 그리고 그럴 일도 없다고 생각했고."

"넌 전교 회장이라는 애가 왜 그러냐. 아무튼 내가 거기서 뭘 봤냐면……."

"왜? 너 그게게 도대체 무슨 일을 하고 다닌 거야?"

신지혜가 다시 역정을 냈다.

추잡스러움

나도 억울한 게 있으니 목소리가 커졌다.

"무슨 일? 네가 시킨 일들 하고 다니느라 그랬지. 자, 사진. 흐릿하긴 해도 도움은 되겠지. 컴퓨터로 옮기든가. 아무튼 이제 난 할 만큼 했다."

확실히 선을 긋는 게 맞는다. 그래, 지금은 이것 말고도 생각할 게 너무 많았다.

"어제 시험지가 유출됐어. 도둑맞았다고."

하지만 신지혜의 말에 우리가 아직 같은 선 안에 있다는 사실을 깨달았다.

"교무실 CCTV에 걸렸어. 새벽에 그 주변을 뛰어다니는 그림자들이. 책 도둑 잡으려고 원래 그냥 놔두던 CCTV를 어제부터 다시 켜 뒀대. 어두워서 얼굴은 확인할 수 없지만……. 근데 거기에 네 그림자도 찍혀 있었던 거고."

게다가 이제 여기는 안전하지 않다는 것도.

오늘 아침, 신지혜는 학교에 오자마자 학생부 선생님의 부름에 학생부실로 향했다. 교내 엘리베이터는 선생님들만 이용하는 것이었지만 신지혜는 거리낌 없이 엘리베이터를 탔다. 3층에 내려 옷가지를 정리한 신지혜는 학생부실로 들어갔다.

"부르셨어요?"

"그래, 일단 저기 앉자."

구석으로 신지혜를 데려간 학생부장, 머리머리 선생님은 조용히 말을 이었다.

"웬 도둑놈이 이번 수행 평가 시험지를 훔쳐 간 것 같아. CCTV에 이상한 애들이 찍히기도 했고. 근데 나는 걔들이 했다고 생각하지 않아요. 카드 키가 없으면 교무실에 들어올 수 없으니까 한밤중에 열나게 돌아다닌 그 두 놈은 시험지랑은 상관이 없을 거야. 교무실이 열려 있던 낮에 떨어졌거나 책상에 놓인 걸 누군가 가져간 거겠지."

신지혜는 순간적으로 날 떠올렸지만 애써 담담한 척하며 이야기를 들었다고 한다. 정보를 파악하는 게 더 중요했다나? 또 선생님의 말에서 다른 특이점은 찾지 못했다고 말했다.

아무래도 자기 선에서 조용히 넘어갈 수 있겠다는 촉이 왔다고, 그렇게 생각했다고 했다.

신지혜는 안심한 채 당당한 목소리로 물었다.

"네, 그래서요?"

"시험 문제를 다시 만들어야 하는 것도 그렇지만 시험지가 유출됐다고 학생들 귀에 들어가면 가뜩이나 예민한 애들이 내신 때문에 또 얼마나 난리를 치겠니? 학부모들도 그렇고. 그래서 도난 문제는 비밀로 하고, CCTV에 찍힌 두 놈은 사실상 잡기 어려우니까 네가 학생회 회의에서 밤 늦게 다니는 학생들을 관리해야 한다고 안건이 상정되게 해보렴. 새 전교 회장한테 말하든지, 방안은 아무거나 써. 예산 써서 지금부터 학교에 있는 모든 자물쇠를 바꿔 보자, 뭐 이런 것도 좋고. 물론 도둑은 절대로 없는 거다."

허무맹랑한 소리라고, 신지혜는 선생님들이 참 애들을 모른다고 내게 덧붙였다.

"네."

"아, 그리고 이준영이라고 있어. 걔 좀 만나서 얘기 좀 해 볼래?"

또 갑자기 내 이름이 나오자 몹시도 당황했다고.

"네? 걔는 누군데요?"

"교무회의 때 수위 선생님한테 들었는데 이 녀석이 이날 수위 선생님 절단기를 갖고 있었다고 하더라고. 그 커다란 거 있잖아. 아무튼 이 친구가 밤에 학교에 들어온 것 같긴 한데, 선생님이 나서기가 좀 그래, 알지? 지혜 네가 한번 만나 봐."

아뿔싸, 경비 아저씨에게 절단기를 빌릴 때 일지에 자신의 이름을 안 쓰고 이준영 이름을 쓴 게 화근이었나, 하고 신지혜는 빠르게 머리를 굴렸다. 그러다 한 가지 결론에 도달했다.

그날 분명 경비 아저씨와 만난 건 자신이고 절단기는 자신이 빌린 거니까 선생님들도 자신이 절단기를 가지고 있다가 이준영에게 줬다는 걸 알 터였다. 그런데도 자신한테 말했다는 건, 막 임기를 마친 전교 회장이 연관되어 있으면 좋지 않으니 대충 책임을 이준영에게 넘기고 지금 이 일을 덮고 싶어 한다는 결론.

나중에 들은 말이지만 신지혜는 안도하며 어떻게 하면

174

상황을 자기에게 더 유리하게 굴릴지를 생각하고 있었다고 한다. 얘도 참 이런 쪽에서 재능이 있는 것 같다.

"어쨌든 만나 봐. 그래야 너 입시 때 쓸 말도 하나 더 생기지."

"근데 선생님, 왜 다 말씀해 주시는 거예요?"

학생부 선생님은 의자에 푹 기대어 앉으며 떨떠름한 표정으로 툭, 말했다고 했다.

"그야 선생님은 우리 지혜를 믿으니까."

그 말에 신지혜는 나는 그냥 환하게 웃었어,라고 전했다. 그 미소가 어떤 의미인지 나중에 물었더니 그저 학교를 좀 더 싫어하게 됐다고만 했다.

"그러니까 내가 시험지를 훔친 범인으로 몰리고 있다는 거야?"

"뭘 들은 거야? 그게 아니라 절단기만 빌린 정도로 마무리됐다고. 교무실 가서 확인했어. 대신에 단톡에서 얘기 퍼져 나가는 중이야. 내 계정…… 아니다."

신지혜는 계정이라는 말을 뱉어 놓고 스스로 당황한 것 같았다.

분명 무슨 비밀이 있는 것 같았지만, 그 말을 듣자마자 미친 듯이 심장이 뛰어서 정신이 없었다. 가뜩이나 학교에 있는 모두가 나를 의심하는 기분이 더욱 심해져 있었다. 진짜 범죄자가 될 수도 있다. 아무도 내가 왜 그랬는지 신경도 쓰지 않을 것 같아서.

"아무튼 사물함에 달력만 있는 거 알고 있었냐고. 그것 말고는 아무것도 없었어. 분명히 전교 1등이 뭔가 가지고 있을 거라고 했잖아."

"몰랐다니까."

"아니, 넌 알았어. 그 코디 선생님이라는 사람도 알았고. 절단기를 빌려 학교에 들어간 게 나라고만 말하면 학교 사람들 전부가 내가 도둑이라고 알게 될 거고."

"야, 진정해. 그럴 거면 내가 너한테 선생님 만난 얘기를 왜 말하냐?"

"야! 내가 진정하게 생겼어? 저번에 대학 안 가면 끝이라고 했지? 넌 그래도 돌아갈 집이랑 가족이라도 있지, 난 진짜 대학이 아니면 이제 도망칠 곳이 없어."

내가 목소리를 돋우자 신지혜는 처음으로 동요하는 표정을 지었다. 나는 신지혜의 제안을 받아들인 것을 후회했다. 내게 신지혜가 물었다.

"너 혹시 진짜로 다른 애들 물건 훔치고 다녔냐?"

순간 너무 화가 나서 신지혜를 노려봤다. 처음 만났을 때와는 다른, 잠깐의 침묵이 우리 사이에 흘렀다.

"절단기는 내일 아침에 찾아가. 밖에다 둘 테니까. 어디 그 과외 잘 받고 꼭 좋은 대학 가기를 바란다."

나는 말을 끝내고 자리에서 일어났다. 그때 신지혜가 꼭 도빈이 계획을 짤 때와 같은 눈이 되어서는 뭔가 결심한 듯 말했다.

"말할게."

"뭐를?"

"일단 앉아서 이거 봐 봐."

그러더니 늘 가지고 다니던 크로스백에서 파란색 노트를 하나 꺼냈다. 무슨 속셈인지 잘은 모르겠지만 느낄 수 있었다. 지금 신지혜는 자기 엄마의 말을 어겼다. 화를 억지로 참으며 자리에 앉았다.

"누가 가져다 둔 건지는 모르겠지만, 내 책상에 있었어. 너하고 만나기 전 일이야."

A4 용지 반만 한 크기의 작은 파란색 노트였다.

"이게 뭔데?"

"전교 1등 노트."

*

• 1번 자리에 앉아 잘 이해하지도 못하는 책을 읽는 기분은 상당히 별로다. 그래도 할 게 없다. 공부는 지겹고, 대학은 이미 결정된 건데. 앞으로 이 노트에 일기라도 쓰려고 한다. 뭐, 여름이 끝날 때쯤이면 뭐가 달라지려나?

• 여기서 지낸 지 벌써 한 달이 지나고 있다.

• 빨간 노트에도 늘 똑같은 내용밖에 못 쓴다. 다들 한심하고 여긴 지루하다. 아무것도 달라지지 않았다.

• 급식실에 갔을 때 면학실에서 보던 애가 급식비 미납으로 걸려 줄이 밀렸다. 난 뒤에서 보고 있었는데 그 애가 조금은 나같이 느껴지기도 했다. 얘기라도 나눠 볼까, 잘 모르겠다. 어쩌면 말이 통할 수도 있다.

• 학교 소문 때문이라도 이제 나갈 준비를 서둘러야 하는데, 오늘 또 빨간 노트의 순서에 따라 순찰하다 누군가와 마주쳤다. 걘 날 보지 못한 것 같지만.

• 자꾸 학교에 이상한 소문이 퍼진다. 빨간 노트를 숨겼다.

• 학교에 사는 건 나 혼자가 아니다?

*

1등의 노트를 확인하고 삼 일 동안 신지혜를 만나지 않았다. 노트에 적힌 책 도둑의 글들을 보고 미칠 것 같았지만 뒷장은 거의 다 비어 있었고 가끔 모르는 이름들이 적혀 있었다. 다른 정보가 없었다. 내용은 잘 이해하지 못했지만, 신지혜와 싸우고 헤어질 때 하나를 깨달았다. 신지혜가 코디 선생님인가 뭔가랑 만드는 이야기가 뭐든 그 주인공은 내가 아니고 1번 자리에 앉은 애였다. 그러니까, 나에게 제안한 건 일기를 발견한 뒤 거기 언급된 '빨간 노트'를 찾기 위해서였다. 신지혜는 처음부터 나와 같은 선에 있었던 적이 없었다는 말이다.

"미리 말 못 한 건 미안해. 나도 이렇게 될 줄 몰랐어."

"야, 그냥 내가 찍은 사진, 선생님한테 넘겨. 앞으로 볼 일 없었으면 좋겠다."

끝에 가서는 결국 이렇게 말하고 말았지만, 그 전에 지난밤 목격한 책 도둑에 대해서도 얘기했다. 어두워서 잘 보이지 않았지만 빠르고, 작고, 1층에서 사라졌다고. 거기까지 말하자 신지혜는 두 번째 등교를 잠깐 멈추라고 했다. 코디 선생님께 방법을 물어볼 때까지만.

"제안도 이제 정말 끝이야. 같이 잡기만 하면 돼. 여기까지 와서 도망친다고?"

"웃기지 마. 하루라도 빨리 여기서 나갈 거니까."

"야, 그래도 난 너랑 좀 친해졌다고 생각했는데 의외다, 이준영? 그래, 좋아."

신지혜는 단호한 내 말에 얼굴을 조금 붉히고 큰소리쳤다. 신지혜가 신경 쓰이기는 했어도 편하다고 느꼈는데, 비슷하니까 함께 고민할 수 있다고, 서로 이해할 수 있다고 생각했는데. 학창 시절의 인간관계라는 건 영화에서 나오는 것과 달리 이렇게나 추잡하고 조악하다.

친구라고? 웃기는 소리 하네.

학생의 가장 힘든 점

"준영!"

아침 늦게 등교한 두홍이었다. 두홍은 다른 아이들과 어깨를 부딪치며 인사를 하더니 자기 자리로 안 가고 곧장 내 앞에 앉았다.

"친구 좋다는 게 또 무엇인가. 이거 봐라, 친구. 내가 널 위해 구해 온 영화표를 보라는 말이었음."

또 뭐가 좋은지 킬킬 웃는 두홍에게 물었다.

"CD 플레이어는?"

"이제 노래는 핸드폰으로 듣기로 했어. CD 플레이어는 없어도 노래는 있어야지. 오늘 나 또 과외 테스트 가는데 농구하다 석식 먹고 같이 갈래? 담임한테 말해서 야자 빼고.
테스트 끝나면 같이 영화나 함 때리자. 너 영화 좋아하잖아.
이번에 동생이 뭐 당첨돼서 공짜 표 생긴 거거든. 팝콘은 내
가 산다. 어때?"

"야!"

순간 뭔지 모를 화가 치밀었다.

텅 —

내가 벌떡 일어나자 교실에 있는 아이들이 모두 나를 쳐
다봤다. 두홍도 놀라서 나를 보고 얼어 버렸다. 날 불쌍해하
는 눈. 내가 애써 참아 오던 모든 걸 무너뜨리는 친구의 눈
을 보며, 눈물이 찔끔 나는 것도 모른 채 말했다.

"나랑 친한 건 좋은데, 적당히 해."

두홍이 명한 표정을 짓던 그때 수업 종이 울렸지만, 규칙
따위는 잊은 채 교실을 나섰다. 익숙하지 않은 계단을 지나
내 집으로 곧장 향했다. 보는 눈이 있을 땐 집에 드나들지
않는다는 두 번째 규칙도 깨졌다. 이제 전부 모르겠다. 학교
가 이렇게나 불편한 공간이었나.

다들 한심하고 여긴 지루하다.

　학생의 가장 힘든 점이라면 힘들 때도 공부를 해야 한다는 것 아닐까.

　사실 공부 자체는 어렵지만 힘든 건 아니다. 성적을 올리고 수업 진도를 따라가고 무슨 문제가 나오는지 경향을 예측하고. 노력만을 필요로 하는 것들이니까. 하지만 내가 가장 감성적이고 예민할 때, 내 인간관계가 시작되고 부서질 때, 그럴 때 해내야만 하니까 힘든 거지.

　"아, 공부하기 싫다."

　늦은 밤, 모니터 불빛에 기대어 문제집을 풀고 있으니 옛날에 반딧불 불빛을 조명 삼아 공부했다는 사람이 떠올랐다. 난 안다. 분명 하기 싫었을 거다. 그러다 문득 1등이 어떤 애인지 궁금해졌다. 어쩌면 걔는 나를 이해하지 않을까? 그 애의 낙서는 지우지 않아 그대로였다. 생각해 보니 그 위에 쓰여 있는 'etré'라는 단어도 뭔가 뜻이 있는 거겠지.

　집중력이 흐트러져 자리에서 일어나 기지개를 켰다. 안방으로 가 빨래를 정리했다. 대충 정리되자 시간표를 보며 남은 돈을 계산했다.

　"이제 원서비는 거의 다 모았는데, 진짜 어디로 가야 하지. 도빈이는…….”

도빈이 생각에 마음이 왠지 무거웠다. 그냥 다시 내 노트를 꺼냈다. 집에 있는 것도 위험하지만 이제 집의 존재 자체가 위험해졌다. 어디에 둘지는 몰라도 일단 조금씩 짐을 교실로 뺄 작정이었다.

물론 소미가 오고 나서.

“이제 슬슬 나가 볼까.”

소미와 만나는 약속을 잡는 건 간단했다. 남들이 다 갈 때까지 교실에 몰래 남아 있으라고. 시간이 되면 깨우러 가겠다고 말했다. 그러다 전교 1등과 마주칠 가능성도 있었지만, 노트의 내용으로 미루어 보아 생각이 있다면 두 번째 등교를 멈춘 나처럼 학교가 잠잠해질 때까지 기다리겠지. 비닐봉지에 담은 짐을 가방에 챙겨 방문을 열었다.

정리하기 귀찮아진 현관 앞 책걸상을 대충 쌓아 두고 서둘러 뛰었다. 소미네 반 앞에서 빗방울 묻은 창문을 살폈다. 소미는 내가 말해 준 대로 밖에서는 잘 보이지 않는 창문 사이 기둥 아래에 엎드려 자고 있었다. 원래는 대충 넘어가려고 했는데, 생각이 바뀌었다. 집을 직접 보여 주고 다시 한번 설득한 뒤 소미와도 선을 그을 예정이었다.

집에서 나오지 말라고, 우리에게 집 밖은 완벽한 계획이 없으면 지낼 수 없는 곳이라고 말해 줄 생각이었다.

"소미야."

내가 소미의 이름을 부르자 소미가 부스스 일어나 핸드폰으로 시간을 확인했다.

바깥의 불빛이 비춰서인지 소미의 얼굴에 빗물의 옅은 그림자가 방울방울 내려앉았다. 나는 창을 뚫고 나온 물방울의 그림자 갯수를 조용히 세며 소미가 정신을 차리길 기다렸다.

"와, 학교에 이렇게 늦은 시간에 있는 건 처음이에요. 진짜 다들 모르는구나."

소미는 약간 신이 난 것 같았다.

"학교 괴담이 진짜라는 것도 신기하고."

그리고, 참 반짝반짝 해맑게도 웃었다.

나는 소미를 곧장 1층에 있는 부엌으로 데려갔다. 기가실 열쇠가 어디서 났냐고 먼저 묻지 않는 이상 나도 따로 말을 꺼내지 않기로 했다.

"여기가 부엌이야."

"음식도 해서 먹고 그래요?"

"아니, 나도 오늘이 처음이야. 손님이 왔으니까. 잠깐 여기서 기다려."

"왜요, 같이 가요."

소미가 내 젖은 교복 상의 끝을 살짝 잡아끌었다. 아까 복도를 걸을 때도 조심히 뒤따라왔었지. 밤의 학교는 원래 무서운 법이다.

"그래. 같이 가자."

나는 소미를 데리고 조용히 손님방의 문을 열었다.

"여긴 손님방이고."

"그게 뭐야. 그나저나 이렇게 보니까 색다르긴 하다."

소미는 키득거리며 보건실 간이침대에 앉아 이것저것 살폈다. 난 곧장 커피포트의 콘센트를 빼서 부엌으로 돌아왔다. 소미는 내가 컵라면을 꺼내 끓이려는 걸 보고 새초롬하게 물었다.

"그냥 인덕션으로 물 끓여서 먹으면 되잖아요?"

부엌에서 봤던 검은 판을 가리키며 말한 것으로 보아 저 검은 판의 정체가 '인덕션'이라는 것 같은데, 뭔지 몰랐다고 말하기가 뭐했다.

"이게 더 맛있어."

라면이 익을 때까지 기다리는 동안 소미는 한시도 가만있지를 않았다. 서랍을 열어 한참 들여다보더니 지금은 창밖을 둘러보는 중이었다.

나도 처음에는 저랬을까. 혼잣말을 하는 버릇이 생긴 게 살짝 부끄러워지기도 했다. 화끈거리는 마음을 떨치려 고개를 한 번 흔들고 신나 있는 소미를 앞에 앉혔다.

난 진지하게 준비한 이야기를 꺼냈다.

"소미야, 난 돌아갈 집이 없어."

나는 내 이야기를 했다. 소미는 내 횡설수설한 말에도 고개를 끄덕이기만 했다. 라면을 먹는 동안 우리는 아무 말도 하지 않았다.

어떻게 해야 얘를 집으로 돌려보낼까 생각했다. 나중에 알게 된 거지만 소미도 나랑 똑같은 생각을 했다고 한다.

어느새 비가 그쳤다. 라면을 다 먹고 문을 잠시 열어 두었을 때 소미가 말했다.

"운동장에도 가 보고 싶어요."

나는 쓰레기들을 비닐봉지에 주섬주섬 담으며 그래, 하고 대답했다. 우리는 돌계단을 내려와 소나무 근처 정자를 지났고, 질척거리는 운동장 한가운데 섰다. 그렇게 웅덩이 가득하고 여름 향이 서린 운동장. 밤하늘을 한 번 올려다본 소미가 내게 물었다.

"선배는 왜 학교 안 장소들의 이름을 다 다르게 붙인 거예요?"

"그냥 방이 두 개 있는 곳에서 살고 싶…… 아니, 그렇게 생각하고 싶어서."

"웃겨. 근데 천체 물리학에서는 그런 일이 흔해요. 혜성 이름 어떻게 짓는지 모르죠?"

"몰라. 난 문과잖아."

소미는 뚱한 내 표정을 보고는 웃었다.

"아까 선배 이야기, 선배 잘못은 아니에요."

평소 같으면 민망하다고 생각했을 말을 소미가 하니까 다르게 느껴졌다. 소미는 밤하늘에 빛나는 별처럼 예뻤고, 난 그런 소미가 나처럼 되지 않기를 우주에 진심으로 빌었다.

"선배도 친구 있죠?"

"그거 되게 상처인데, 당연히 있지."

"아니, 그런 뜻이 아니고. 친구들도 선배 여기서 사는 거 알아요?"

"한 명은 알…… 아니, 제일 친한 친구 둘 다 몰라. 둘 중 하나는 농구부 주장인데 얼마 전에 싸웠고, 다른 한 명은 어디에 있는지도 모르고. 영화 공부하는 앤데 그러고 보니까 너랑 비슷하네. 어딘가 좀 이상해 보일 때도 있지만 좋은 애야. 걔가 나한테 제안을 하나 했어. 돈을 모아서 성인이 되자마자 집을 나와서 같이 살자고."

"그게 무슨 말이에요? 자취?"

나는 도빈과 함께 짰던 계획을 처음으로 다른 사람에게 말했다.

"그 친구가 언젠가 그러더라고. 내가 집에서 지낼 수 없을 것 같다고, 이제 어디로 가야 할지 모르겠다고 하니까 모든 이야기는 주인공이 어디론가 떠났다가 돌아오는 과정을 그린 거래. 근데 꼭 출발했던 곳으로 돌아오지 않아도 된다더라."

"그럼요? 방황하라는 거예요?"

"아니, 이정표가 있으면 된다고 했어. 계속 떠나도 된다고. 그러면 여러 번 떠났다가 결국 돌아오지 않아도 길을 잃지 않는다고. 그렇게만 말했어."

"길잡이 별 같은 거네요."

길잡이 별이라, 확실히 도빈은 그런 친구였다.

"또 아까 말한 친구랑 나한테 자신의 이정표가 되어 달라고도 했어."

"되게 멋있는 사람이네요."

"너도 그래. 넌 내가 가지지 못한 걸 가지고 있잖아."

"뭔데요?"

"언제든 돌아갈 수 있는 곳. 난 그게 없는 것 같아."

나는 숨을 크게 들이쉬었다가 다시 한숨처럼 뱉었다. 우리는 운동장을 빙빙 돌았다. 나는 웃지 않았다. 바람이 서늘했다.

"너는 집이 왜 싫어?"

"엄마는 공부 말고는 나한테 관심도 없지, 아빠랑은 대화를 나눌 수도 없지. 그냥 가족이랑 안 맞는 것 같아요. 선배가 한 말 다 이해해요, 고맙고. 근데 억지로 안 맞는 걸 맞출 필요는 없잖아요. 선배가 멜론 안 먹는 것처럼."

순간 소미의 마음이 조금 이해가 됐고, 위로할 문장들이 별처럼 반짝반짝 떠올랐지만 구름에 가려진 듯 한마디도 뱉을 수 없었다. 그 대신 내가 들었던 말들이 나도 모르게 튀어나왔다.

"우린 지금 어려. 그리고 이 순간도 곧 다 지나갈 거야. 너보다 안 좋은 상황에 처한 사람들이 얼마나 많은데 네가 굳이 그런 생각을 왜 해? 이제 조금만 더 버티면 되잖아. 불쌍한 척하면 안 돼."

꼭 선생님과 대화했을 때 같아서 마음이 아렸다. 선생님이 된 기분. 그래도 마음을 다잡고 다시 말했다. 오늘이 마지막이니까.

"정말 집에서 나오려고? 지금 우리 나이에 대책 없이 나오면 아무도 널 지켜 주지 않아. 세상은 진짜 드라마나 영화에서 보던 것보다 더 심해. 내가 그냥 말을 안 해서 그렇지⋯⋯. 많아! 양아치들, 나쁜 어른들."

"선배가 무슨 말 하는지 나도 알아요. 나도 똑같이 느끼고요. 그래도 꼭 나올 거예요."

"내가 먼저 겪어 보고 말하는 거야. 그냥 집에 있어. 밖은 네가 생각하는 것보다 훨씬 더 추잡스럽고 위험해. 무엇보다 집에서 나온 후에는 어떡하려고?"

언성을 높이니 소미가 인상을 구겼다. 처음 보는 표정이었다.

"그때 어떻게 될지는 아무도 모르는 거잖아요. 그래도 걱정하지 마세요. 다행히 청소년들 도와주는 프로그램을 찾았거든요."

"어? 거기 참여하면 어디로 가는 건데?"

소미는 이제는 조금 슬픈 표정으로 아리송하게 답했다.

"그건 아무도 몰라요."

"뭐라고?"

"이제 갈게요. 그럼, 선배도 잘 지내세요."

소미는 곧장 교문 밖으로 나갔다. 난 그날 소미를 붙잡지 못했다. 붙잡아도 내가 할 수 있는 게 없었다. 그게 무서웠다. 문밖으로 나간 건 소미지만 도망친 건 나다.

한참을 운동장에 혼자 서 있었다. 고개를 들어 하늘을 바라봤지만 별들이 어디로 움직이는지 도저히 알 수 없었다. 아, 별들도 어디로 갈지는 모르는 건가. 그럼 난 어디로 가야 하는 거지? 여기에서 나간 다음, 그 이후에는 어떻게 되는 거지?

그날 소미가 울면서 어디로 향했는지 알게 된 건 시간이 더 흐른 뒤의 일이다. 소미는 다음 날 학교에 나오지 않았다.

*

"3학년은 크게 상관없는 이야기지만 사물함 문단속 잘 하래."

1교시부터 자습을 해야 해서 잠을 잘 생각이었는데 부반장이 교탁에 나가 공지사항을 전달했다. 학생회 회의에서 나온 내용을 전해 주는 거겠지.

"그리고 7월에는 에어컨 열두 시부터 틀 수 있대."

"장난하냐?"

두홍이었다. 두홍은 다른 친구들과 함께 에어컨에 대해 한참 수다를 떨었다. 그날 이후 나에게 따로 말을 걸지 않았다. 친구가 많으니까 상관하지 않는 것 같았다. 나는 학교에서 대화를 나누는 사람이 두홍을 빼고는 없었다는 걸 깨달았다.

과외를 같이 가자거나 내 앞에서 늘 있어 주던 사람도 이제 없고, 내가 어느 대학에 갈지, 가서는 뭐가 될지를 궁금해하는 친구도 없다. 아무도 없다.

쉽게 엉키고, 쉽게 풀리고

"이준영, 야!"

주말 밤이었다. 현관문에서 누군가 내 이름을 불렀다. 예전 같았다면 바로 문을 열고 들어왔을 신지혜였다. 자기 나름대로 내 눈치를 본 건가. 반가움을 꾹 참고 문을 열었다. 내가 느릿느릿 나오자 신지혜가 우물쭈물하며 말했다.

"이제 나가려고?"

"안 그래도 내일 나갈 거야."

"어디로 가게?"

"그건 몰라. 그리고 넌 알 거 없잖아. 그나저나 이 늦은 시간에 뭐야?"

내가 괜히 퉁명스럽게 묻자 신지혜는 학교 쪽으로 고개를 돌리며 말했다.

"좀 밝은 데로 나와. 얘기 좀 해."

그대로 돌계단 쪽으로 이동했다. 돌계단에 앉아 텅 빈 운동장을 바라보며 신지혜가 말을 이었다.

"한 번만 더 도와줘."

"야, 넌 그걸 말이라고……."

"제안이 아니라 부탁이야. 학교 안으로 한 번만 같이 가 줘."

바로 거절하려고 했지만, 늦은 시간에 찾아온 이유가 궁금했다.

"왜?"

"잡아야지. 찾은 것 같아. CCTV 켰다고 했잖아? 책 도둑, 어디서 사라졌는지 알아냈어."

"그럼 왜 아직도 안 잡았어?"

증거도 있겠다, 소문도 다 퍼진 상태에 CCTV까지 있으니 선생님에게 넘기면 될 걸 왜 아직까지 망설이고 있는지 의아했다.

"나 혼자 1등한테 찾아갔었어. 자기가 한 게 아니래. 걔네 집에 전화까지 해서 만났어."

"그걸 선생님들이 믿어?"

"혼자 가 봤어. 걔가 좀 걱정돼서. 아무튼 그래서 너한테
도 몰래 온 거야."

그제야 신지혜의 차림이 원래와 다르다는 걸 깨달았다.
운동복 상하의에 운동화, 모자까지 온통 검은색이었다. 집
을 터는 도둑 같은 차림새였다.

"너 코디 때문에 온 거 아니야?"

신지혜는 일어나서 옷을 털며 피식 웃었다.

"당연히 아니지. 그럼 내가 이러고 너한테 부탁했겠냐?"

나도 모르게 따라 웃었다. 신지혜는 몰래 집을 나온 것이
틀림없었다. 못 말린다는 생각이 들었다. 어떤 상황인지는
다 알 수 없지만, 그냥 웃음이 나왔다.

갑자기 두홍과 소미가 생각나서 서러워지려다 내 앞에
신지혜가 있어서 다행이라는 생각이 들었다. 아주 조금 기
뻤다.

"뭔가 걸리는 게 있다면 먼저 말할게, 됐어? 당연히 내가
제안했던 헛짓거리는 이제 안 해도 되고."

"알았어. 엄청 고맙네, 참."

지금은 누군가 내 옆에 있어 주는 게 필요했다. 신지혜는
혹여 내 마음이 바뀔까 걱정되는지 서둘러 물었다.

"같이 갈 거지?"

가야지, 친구가 이렇게 부탁하는데. 속으로 구시렁거렸다. 어려워서 남겨 둔 마지막 문제가 시험이 끝나기 직전 쉽게 풀린 것만 같은 기분이었다.

"가자."

우리 둘은 다시금 온갖 미스터리가 가득한 우리들의 집, 학교 안으로 향했다.

"이거 봐. 내 계정인데 처음 파란색 노트를 봤던 날 이상한 아이디로 댓글이 하나 달렸다가 사라졌어. 내 집에서 나가라고. 딱 봐도 학교에서 사는 애가 단 거잖아. 아무튼 전교 1등을 바로 찾아가서 물어봤지. 파란색 노트까지 보여 주면서. 그런데 모르는 척을 하는 건지 내가 아무리 물어도 대답을 안 하더라고."

"그래서?"

"조용히 하고 계속 들어 봐. 사실 별로 걘 관심이 없어 보였어. 근데 생각해 보면, 그러니까 대학이나 성적 같은 거 말고 딱 팩트만 보면, 걔 지금 되게 힘들고 위험한 상황이지 않을까 싶은 거야. 내가 나름 전교 회장이잖아, 오지랖 좀 부렸지. 파란색 노트를 보고도 코디 선생님이랑 엄마한테는 그냥 학교에 사는 애가 있는 것 같다고만 말했지. 우리 집은 방문도 함부로 못 닫아. 어떤 느낌인지 알아? 감시당

하는 거. 진짜 죽을 맛이라니까."

"어, 뭐."

"추임새도 넣지 마. 그러다가 내가 널 보게 됐고 코디 선생님은 널 학교에 사는 책 도둑으로 만들자고 했어. 진짜가 있다는 건 나밖에 모르니까. 결국 잘 안 됐지만. 근데 네가 저번에 책 도둑을 봤다고 했잖아? 그땐 정신이 없어서 말을 못 했는데, 다시 생각해 보니까 1등이 책 도둑이 아닐 수도 있지 않을까? 그러니까 나한테 이 노트를 준 사람이 진짜 책 도둑이고, 내가 1등을 의심하게 만든 거라면? 책 도둑이 밖으로 나간 게 아니라면? CCTV가 찍지 못하는 곳에 아직 있는 게 아닐까? 우리 학교에 지하 1층 있잖아."

"너 원래 이렇게 말이 많았냐?"

지하 1층까지 교직원용 엘리베이터를 탈 수는 없다고 했더니 더 횡설수설 떠들어 대서 조금 짜증이 났다. 신지혜는 대답 대신 주머니에서 열쇠를 하나 꺼냈다.

"지하 1층 가는 계단 열쇠야."

따져 보니 구조가 좀 이상했다.

지하 1층. 거기가 창고라는 걸 아는 학생도 별로 없었다. 나도 삼 년 동안 학교에 다니면서 지하 1층이라는 공간에

가 본 기억이 없었다. 청소나 물건 보관의 목적으로 드나드는 사람도 전혀 보지 못했다.

학교 구조를 전부 다 파악하고 있는 학생이 몇이나 될까 의문이 들었다. 자기가 지금 있는 공간에 대해 말이다.

"저기를 열고 들어가면 돼."

"그냥 청소 도구 넣어 두는 곳 아니었어? 저기가 지하로 통한다고?"

신지혜는 내게 열쇠를 던지며 말했다.

"나도 몰랐어. 열어 봐. 경비 아저씨도 이 열쇠가 있는지 처음 알았대."

무섭긴 했지만, 신지혜를 앞서 보낼 수도 없는 일이니까. 계단 옆쪽 벽에 난 작은 문을 열쇠로 열었다.

"이제부터 조심해."

어둠 속에서 청소 도구 따위가 흐릿하게 보였다. 가까이 다가가 살펴보니 최근에 사용한 흔적은 없었다. 나는 핸드폰 손전등을 켜고 왼손으로 입을 막은 채 천천히 앞으로 향했다. 한 사람 정도가 누울 수 있는 너비의 통로 끝에 아래로 내려가는 계단이 있었다. 신지혜와 나는 눈을 마주쳤다. 그리고 확신할 수 있었다. 저기가 지하 1층이다.

우리는 진짜 학교 탐험을 계속했다. 지하의 계단은 길고 어두웠다. 그만큼 두려움이 커졌다.

"조심해."

계단을 다 내려오니 통로가 양쪽으로 갈라졌다. 셔터로 닫힌 오른쪽 건너편은 우리가 알던 창고로 통하는 복도일 것이다. 그리고 왼쪽은.

"이게, 도대체 뭐야?"

뒤따라온 신지혜가 나에게 달라붙었다. 벽에 책걸상이 쌓여 있었다.

"이제 뒤로 와. 내가 앞장설게."

나는 신지혜의 앞으로 불빛을 비췄다. 수건인지 걸레인지 모를 것들, 수많은 책과 낙서. 마치 아빠 집처럼 누군가 휩쓸고 간 듯한 모습이었지만 나는 알 수 있다. 정리된 서랍과 뭔가 꾸민 것 같은 공간.

분명히 누군가 여기 있었다.

"여기서 살았던 거야?"

침을 한 번 삼키고 서서히 물건들을 살폈다. 버려진 책상 위에 '춥다'라고 칼로 새겨져 있었다. 아마 책 도둑은 겨우내 이 곳에서 산 모양이었다.

"그럼 그때 본 것도 다……."

"야, 이준영. 이거 봐 봐."

신지혜가 주변을 두리번거리다 노트 한 권을 집어 들었다. 우리는 눈빛을 교환하고 바로 노트를 펼쳤다.

"줘, 내가 읽을게."

빨간색 노트다.

*

복도에는 책걸상이 가득하지만 치우지 않고 미뤘다. 지금은 정리보다 중요한 게 많다. 지하에서 올라와 운동장 한가운데 섰다. 바람이 불었다. 밤하늘을 올려다보니 넓고 깊은 우주가 보였다. 이렇게 운동장에 서서 별을 보고 있으면 조금 자유로운 기분이 든다……. 곧 비가 와서 돌아왔지만.

계획을 짜던 노트에 이렇게 일기나 적고 있지만 이렇게라도 하지 않으면 정신이 나갈 것 같다.

하지만 정신을 차려야만 한다. 이제 계획도 거의 마지막이니까. 장갑을 끼고 일기를 쓰는 날들도 이제 곧 끝나니까. 우윤휘라고 했나, 팸의 아빠라는 사람과 연락이 닿은 건 어쩌면 나에게는 마지막 기회일 수도 있다. 우윤휘는 내게 집에서 나오고 싶어 하는 애들을 데려오라고 했다. 정말 다행이야. 이제 사람만 구하면 되니까. 나한텐 아직 반년이라는 시간이 있다. 성인이 되고 나면 대학은 가지 못해도 밥벌이는 할 수 있을 것이다. 처음엔 공장이든 어디든 가서 돈을 모을 생각이다.

아니, 이렇게 생각하게 하는 모든 것들을 다 부수고 싶다. 학교에 있는 머저리들이나 선생들이나 전부 죽이고 싶다. 아니, 아니다. 난 엄마처럼 미치지 않았다. 미치고 싶지도 않고.

사실 집을 나올 애들을 찾아내는 건 쉬운 일이 아니었다. 그도 그럴 것이 누가 자기가 집을 나오겠다고 떠벌리고 다닐까. 게다가 나보다 후배라 해도 괜한 걸 물었다가 위험한 사람 취급받으며 의심만 커질 것이다. 하지만 나는 이 일을 시작하고 놀라운 사실을 하나 발견했다.

굳이 떠벌리고 다니지 않아도 아주 조금만 주의를 기울이면 그 누구라도 어디든 나가고 싶어 한다는 걸. 나는 그렇게 학교에 있는 아이 중 나처럼 상태가 안 좋은 애들을 조금씩 구별하기 시작했다. 집안 사정이라든지 스트레스라든지, 꼭 놀이공원에서 길을 잃은 어린애들을 찾는 것처럼. 이때쯤 전교 회장이 내 존재를 눈치챘다는 걸 깨달았다. 아무래도 소문이 퍼진 탓이겠지.

"그럼 언니랑 얘기 좀 할래?"

……안소미를 찾은 오늘, 나는 다른 계획을 짰다. 난 그러니까 팸에서 일종의 브로커가 되는 거지. 그리고 파란색 노트를 하나 구했다. 여

기에 내가 한 짓들을 전교 1등이 한 것으로 의심하게끔 썼다. 이렇게 하면 학교도 다닐 수 있을 것이다. 이제 이걸 전교 회장한테 버리면 나 대신 소문을 만들어 주겠지. 소문은 계속해서 커져 나갈 거다.

학교는 늘 온갖 소문으로 가득하니까.

난 안전할 거고, 아무도 내가 여기 있었다는 걸 모르겠지.

소미의 이야기

"너는 지금 어디 있는데?"

아빠가 돌아가시고 엄마와의 관계는 남이랑 다를 바 없어졌다. 치마를 줄이고 학교에서 늦게 와도 엄마는 내 얼굴을 보지 않았다. 티가 안 나는 걸까, 관심이 없는 걸까. 나는 엄마가 나를 다시 봐 줄 때까지 기다리기로 마음먹었다.

하지만 기다림은 오래가지 못했다. 엄마는 어느 날 집에 있는 거울을 모두 버렸다. 내 방에 들어오던 햇빛은 반사되지 않고 허공을 떠다녔다. 집을 나가기로 한 건 그때부터였다. 거울이 없는 집은 집이 아닌 것 같아서.

고등학교 첫날, 새로 사귄 친구들에게 아빠가 외국에 갔

다고 말했다. 왜인지는 모르겠지만 첫인상을 나쁘게 주고
싶지 않았기 때문일 것이다. 물론 아빠가 없는 게 나쁜 건
아니지만 아직 이런 이야기를 하기에는 일렀다. 물론 집을
나오기 전까지 아무에게도 말하지 못했지만.

"그럼 언니랑 얘기 좀 할래?"
언니를 만난 게 그쯤이다.
언니는 나를 찾아왔다. 언니는 내가 자신과 비슷하다며
공감해 줬다. 우리는 금방 친해졌고 난 언니가 학교에서 살
고 있다는 걸 알게 됐다. 나는 언니에게 집에 들어가기 싫다
고 말했고, 언니는 며칠 뒤 한 사람을 내게 소개시켜 줬다.
일단 무작정 나왔는데 어디로 가야 할지도, 어떻게 해야 할
지도 모르겠다고 말했다.
"소미야, 그게 네가 날 찾아온 이유라고?"
"네, 언니가 여기로 오면 된다고 해서요."
내 이야기를 들은 남자는 여름인데도 긴소매 옷을 입고
있었다. 어떤 냄새가 났다. 별로 좋은 냄새는 아니었다. 남
자가 내게 말했다.
"그럼 앞으로 여기서 지낼래?"

아무도 모른다

우선 방에 돌아와 신지혜의 휴대폰으로 소미에게 전화를 걸었지만, 역시나 휴대폰은 꺼져 있었다. 신지혜가 당황스러운 표정을 지었다. 꼭 집에서 쫓겨나 아무것도 할 수 없는 어린애 같았다.

"그럼 얘는 도대체 누구야?"

노트를 다시금 읽어 봐도 학교의 구조를 그린 지도와 일기 뿐이었다. 노트에 있는 말대로, 아무도 책 도둑이 누구인지 알지 못했다.

"안소미라는 애는 뭐야? 방금 전화한 게 안소미야?"

소미의 이름을 듣자 후회가 피어올랐다. 내가 조금 더 설득했더라면, 내가 조금만 말을 잘했더라면, 소미의 말에 좀 더 신경을 썼더라면.

"내가 아는 애야. 일단 소미가 학교에 나오지 않은 날부터 이렇게 된 거라면……. 안 돼, 일단 우리끼리라도 빨리 찾아 보자."

신지혜는 내 말에 역정을 냈다.

"무슨 헛소리야? 선생님한테 연락하고 경찰에 신고해야지. 이건 우리들이 해결할 문제가 아니야. 현실적으로 생각해. 우린 고등학생이고 지금 엄청 위험한 상황이라고."

"그건……."

맞는 말이었다. 아직 성인도 아닌 애들이 처리할 문제가 아니었다. 내가 어쩔 수 있는 게 아니었다.

"신고한다?"

상황이 전부 정리되지 않아 복잡한 마음으로 우선 신지혜를 말렸다.

"잠깐만. 우선 책 도둑이 지금 어디에 있는지부터 찾아야 해. 소미가 간 장소도 책 도둑 이름도 몰라."

"……."

내가 만약 책 도둑처럼 이 지하 창고에서 살았다면 어땠을까. 아마 규칙을 정하고 어떻게 하면 버틸 수 있을지를 생

각했겠지. 하지만 결국에는 실패했을 거야. 아빠처럼. 그제
서야 깨달았다. 난 내가 정했던 규칙들을 모두 어겼고 아무
것도 할 수 없다.

　창밖에 비가 억수같이 오기 시작했다. 아무래도 장마가
조금 더 길어질 모양이었다. 먹구름이 어디론가 흘러가고,
내가 어디로 가게 될지 더 이상 궁금하지 않았다.
　"준영."
　그때 누군가 밖에서 날 불렀다. 두홍이었다.

플래시백
두홍의 *이야기*

"지금 어디야?"

부모님은 늘 내게 물었다. 어느 순간 친구들과 함께 있는 시간이 가족과 있는 시간보다 많아졌고, 집보다 밖이 더 좋아졌다. 하지만 고등학생이 되자 친구들은 공부에 더 집중했다. 친구들이 사라졌다. 또 친구를 찾으러 농구부에 들어갔다. 농구부에는 나와 같은 애들이 아직도 많았다. 하지만 누구나 그렇듯, 3학년이 됐다. 친구들이 점점 더 사라져 갔다.

그럴 때마다 난 농구를 했다. 사람이 없어서 원바운드밖에 못 해도 상관없었다. 공이 자꾸만 골대에서 빗나갔다. 그게 꼭 나처럼 느껴졌다. 학교에 있는 게, 집에 있는 게, 점점 더 시간을 때우기 위해서가 되어 버렸다. 역시나 혼자 하는 농구는 별로 재미가 없었다. 하지만 준영은 늘 그 자리에 있었다.

친구와 공통 관심사를 가지고 싶어 복싱 만화를 보기 시작했는데, 준영은 어느 날 복싱을 그만뒀다.

복싱을 그만둔 후, 준영은 늘 노트에 무언가를 적었다. 절박하다고 할까, 목표가 있어 보인다고 할까. 한번은 궁금해서 물었다.

"넌 뭘 그렇게 쓰는 거임, 준영?"

"대학 가야지. 입시 계획 짜는 거야."

준영은 내 눈을 보고 말했다.

그리고 도빈이. 도빈은 항상 우리와는 달랐다. 어디에 들어가려고 공부하는 게 아니라 어디론가 떠나려고, 그래서 다시 멋지게 돌아오려고 공부하고 있었다. 난 도빈이 좋아하는 이상한 영화들을 열심히 봤고, 도빈은 우리에게 자신의 꿈을 제안했다.

"맞네, 네가 돌아올 때까지 우리가 아지트처럼 만들어 둘게. 같이 살자. 거기서 우리 셋이 같이 시작하는 거야. 네가 방향을 정해 줘. 도빈, 넌 천재잖아."

도빈은 내 말에 씩 웃었다. 그리고 다음 날 사라졌다. 나와 준영은 도빈이 어디로 갔는지 알고 있었다. 도빈이 베니스에서 보낸 엽서는 우리를 고취시켰다. 허황된 어린 시절 꿈 같을 수도 있겠지만, 엽서를 받은 날 그게 내 '꿈'이 됐다.

그리고 준영은 항상 내 조금 뒤에서 걸었다. 내 뒤에서 늘 내 이야기를 귀담아들었다. 나도 준영의 이야기를 들어주고 싶었지만 준영은 먼저 말을 꺼내지 않았다. 그래서 나는 늘 준영에게 먼저 말을 걸었다. 너 얘기 들었음? 그 책 도둑.

"넌 꼭 좋은 대학 가라. 난 농구대나 갈란다. 야, 야자 끝나고 농구할 사람?"

"난 잔다. 자습 끝나면 깨워 줘."

"아, 몰라, 농구대에서 기다리고 있을 테니까 나와. 면학실 끝나고 농구 고!"

그날, 준영은 내가 진짜 기다릴 거라고 생각하지 못한 것 같았지만 야자가 다 끝났을 때 난 준영을 기다리며 교실에 있었다. 운동장에 있으면 경비 아저씨가 퇴근하면서 뭐라 하니까. 그러다 나도 모르게 깜빡 잠이 들어 버렸다.

"조졌네."

망했다는 생각밖에 안 들었지만, 다급히 1층으로 내려왔다. 그때 누군가 철문 쪽 담을 넘는 게 보였다. 준영이었다.

바로 골려 주려고 화단에 숨었다. 그나저나 왜 다시 학교에 온 거지? 가까이 오기를 숨죽여 기다리고 있는데, 준영이 유리문을 조용히 열고 다시 학교로 들어갔다.

"뭐야. 어디 가, 쟤?"

조금 멀찍이서 뒤따랐다. 준영은 익숙한 것처럼 곧장 6반 문을 열고 들어갔다.

"뭐야."

그때 깨달았다. 아, 준영이 책 도둑이구나.

나는 아무에게도 말하지 않았다. 그냥 뒤를 돌아 학교 밖으로 다시 나왔다. 언젠가 먼저 말해 주겠지. 그럼 그때는 내가 뒤에서 걸어야지.

"저기요."

그때 손전등을 든, 그 애를 만났다.

우연히 체육관에 붙은 포스터에서 '청소년 쉼터'라는 곳을 알게 됐다. 그날 이후로 주말이면 그곳에 찾아갔다. 물론 내 이야기를 하러 간 건 아니었고.

"제 친구 얘긴데요."

상담 선생님은 준영의 이야기를 다 듣고 나긋나긋 웃으

며 말했다.

"선생님이나 어른들에게는 말하지 못할 사정이 있겠네요. 사춘기인 친구가 자존심이 상할 수도 있으니까, 과외를 같이하자고 데려오든가. 아! 자격증 시험 때문에 하루만 같이 가자고 해 보세요. 여기, 쉼터에서 나오는 영화표인데 친구분이랑 같이 보자고 해도 되고."

"와, 그거 개좋은 방법인데요?"

그때 난 그게 친구랑 추억을 쌓을 기가 막힌 방법이라고 생각했다.

"근데 여기는, 그, 집 나온 애들이 많아요?"

선생님은 다시 인자하게 웃고는 내게 말했다.

"두홍 친구 같은 분이 옆에 한 명만 있었어도 이렇게 많지는 않았겠죠?"

"오늘 나 또 과외 테스트 가는데 농구하다 석식 먹고 같이 갈래? 담임한테 말해서 야자 빼고. 테스트 끝나면 같이 영화나 함 때리자. 너 영화 좋아하잖아. 이번에 동생이 뭐 당첨돼서 공짜 표 생긴 거거든. 팝콘은 내가 산다. 어때?"

"야!"

준영이 소리를 질렀다. 처음 있는 일이었다. 나와 준영의 사이가 틀어졌다는 걸 그때 깨달았다. 역시 선생님 말은 듣는 게 아니었는데.

"나랑 친한 건 좋은데, 적당히 해."

준영은 그대로 교실을 나가 버렸다. 미안한 마음이 들어 이제라도 쉼터에 대해 솔직하게 말하려고 바로 뒤를 쫓았다. 종이 치긴 했지만, 망설이지 말라는 신호처럼 느껴졌다. 하지만 준영은 그냥 쉼마루 쪽으로 걸어가고 있었다.

"저, 저, 걸리면 어쩌려고."

1층에 내려오자마자 다급히 준영을 부르려던 차에 누군가 날 막았다. 또 그 애였다. 이름이 '안소미'라고 했나?

"혹시 부탁 하나만 들어주면 안 돼요?"

"어, 안 돼."

칼같이 거절했다. 하지만 안소미는 막무가내로 내게 말했다.

"만약에 준영 선배가 나중에 학교를 나간다고, 그러니까 집으로 돌아간다고 하면, 이 언니한테 가 보라고 전해 주세요."

안소미는 웬 종이 쪼가리와 찢어진 노트 페이지를 내게 줬다.

"이게 뭔데?"

"있어요, 브로커라고. 아마 저도 곧 거기 있을 테니까. 아직 준영 선배한테 말하지는 말아 주세요. 괜히 말했다가 바로 쫓아오면 서로 민망하잖아요."

안소미의 표정이 심상치 않았다. 종이를 주머니에 구겨 넣었다. 아무튼 각자의 사정이 있겠지, 뭐.

며칠 지나지 않아 무슨 절단기 같은 게 섬마루 밖에 나와 있는 걸 봤다. 아무래도 준영이 짐을 싸서 나가려는 모양이었다. 그게 기다림을 끝내라는 신호같이 느껴졌다.

아무래도 학교에 사람이 없을 때 찾아가는 게 좋을 것 같아서 토요일 밤까지 기다렸다가 곧장 섬마루로 향했다. 전에 이 근처로 왔으니 여기 어디라는 건데……. 그때 책걸상 더미 안쪽에서 소리가 들렸다. 준영 혼자가 아닌 것 같아서 대놓고 부르기 망설여졌다. 하지만 불러야만 했다. 이번에는 타이밍을 놓치지 말아야 하니까. 친구가 이런 데서 계속 살게 둘 순 없다.

"준영."

사과도 해야겠지. 친구니까 누가 먼저 하든 상관없었다.

23

두홍이 건네준 쪽지와 노트 페이지를 읽자마자 면학실로
뛰었다. 분명 그곳에 있을 것이다. 물론 두홍에게 사과도 했
다. 두홍은 내가 사과하자 늘상 그러듯 킬킬거리며 말했다.

"담에 농구나 같이하든가. 일단 가자."

"그래, 가자."

심장이 뛰었다. 드디어 할 수 있는 게 생겼다. 속에서 무
언가 끓어오르는 것 같았다. 마치 어떤 일이든 할 수 있을
것 같았고 대학이고 나발이고 다른 건 중요하지 않았다. 아,
이렇게 공부를 했으면.

희망이 내 작은 몸을 붕붕 날리는 듯했다. 달리며 다짐했

다. 이번에는 꼭 소미를 잡아서 길 잃은 무력감이 날 집어삼키게 두지 않겠다고. 내가 어딘가로 끌려가더라도 상관없다. 이번에는 도망치지 않고 똑바로 쫓아갈 것이니까.

두홍에게도 상황을 잠깐 설명했다. 적잖이 놀란 눈치였지만 두홍 역시 경찰에 신고는 했냐, 혹은 선생님들은 아시냐, 걔네 집은 어디냐 같은 질문들을 하지 않았다. 면학실이 있는 신관까지 뛰어서 1분 정도 거리였지만 하필 비가 거세게 오고 있었다. 하지만 우리는 빗속을 내달렸다. 비보다 더 빠르게. 마치 뭔가를 쫓는 것처럼.

텅 비어 있는 면학실 문을 벌컥 열었다. 바로 내 자리로 향했다.

"후."

내 자리는 22번이었다.

"야, 너지?"

나는 조용히 물었다.

저기, 미안한데 나 지우개 좀 빌려줘.

여기.

고마워.

얘랑 나눠 본 말은 이게 다였다. 책 도둑은 고개를 천천히 돌렸다. 번호는 23번. 내 옆자리. 내가 조금만 신경 썼다면 알아차렸을 자리였다.

"어, 반가워."

*

지금 그럼 어디에 있냐고, 다들 물었다. 내가 대답을 하면, 또래보다 조숙하다는 말을 했다. 처음엔 뭔 뜻인지 정확히 몰랐는데 학교에 들어가고부터 그 말뜻이 '힘들더라도 지금처럼 말없이 버텨야 한다'라는 걸 깨달았다. 그 이후로 나는 쭉 조숙한 아이인 척했다. 꽤 재미있는 사실들을 더 깨달았으니까.

그건 바로 주위 사람들은 내게 관심이 없다는 것과, 관심받지 못한 아이들은 삐뚤어진다는 것이었다. 조숙하게 버티지 못하면, 어른들이 하라는 대로 하지 않으면, 삐뚤어진 애가 되어 버린다.

일기를 쓰며 주위를 둘러봤다. 시궁창 같은 집에 있기 싫어서 신청한 면학실이긴 했지만 시간을 보내기에 이만한 공간이 없다. 면학실에 있는 애들 모두, 자기가 닭장에 갇힌 닭이라는 사실을 알까?

하지만 여기도 나 같은 애는 있다. 나한테 지우개를 빌려줬던 22번, 내 옆자리.

나는 안다. 얘가 노트에 쓰고 있는 건 분명 돈에 관한 거였다.

하지만 신경 쓸 여유가 없었다. 조예은, 이우람, 이병준, 박지후, 김성인, 유성환, 하나 아래 학년인 이재민까지. 나는 이름들을 적고 있었다. 서둘러 그에게 보낼 애를 찾아야 하니까.

안소미를 처음 만난 것도 면학실에서였다. 멘토제를 한다고 했는데, 많은 얘기를 나눠 보지 않고도 알 수 있었다. 얘는 집을 나오고 싶어 한다는 걸. 하긴 얘가 처음 내게 한 말이 집을 나오고 싶다는 거였다.

난 당장 그 애의 교실에 찾아가 이야기 좀 하자고 했다.

안소미는 그때부터 날 언니라고 불렀다.

아마 소문의 책 도둑은 나일 것이다. 하지만 내가 책 도둑이라는 걸 다른 사람들은 알지 못하겠지. 나는 조숙하고, 공부를 잘하는, 조용한 애였으니까.

하지만 혹시나 해서 계획을 하나 짰다. 전교 1등이 적합하다고 생각했다. 역시 버틸 수 있다는 생각에 콧노래가 나올 정도였지만 순찰하면서 소리를 내지는 않았다. 다른 소리가 나기 전까지는. 소리가 나는 쪽으로 랜턴을 비췄다. 을씨년스럽게 내리는 비 때문에 더 무서웠다. 누구지? 이제 거의 다 됐는데. 전교 회장인가? 아니면 다른 누구? 그때 4반의 창문이 열려 있는 게 눈에 들어왔다.

서둘러 랜턴을 끄고 도망쳤다.

"야!"

소리를 지르며 누군가가 나를 쫓는다. 무섭다. 미치도록 무서워. 하지만 또 즐거워. 공부하는 것보다 훨씬 재밌어. 근데 내가 아는 얼굴이었는데……. 내 옆자리? 다음에 만나면 말이라도 걸어 볼까. 뛰어다니면서도 그 애 얼굴이 생생히 떠올랐다. 나와 같은 부류. 갑자기 기분이 좋아졌다. 안심됐다. 우리 집에 살고 있는 건 나 혼자가 아니다.

비가 내리던 날, 우리의 첫 만남이었다.

*

"너랑은 꼭 만나 보고 싶었어. 서로 이해할 수 있을 거라고 생각했고."

"지랄."

23번이 내게 하는 말에 신지혜가 거칠게 답했다. 우리는 그 애를 면학실 뒤편 구석으로 몰았다.

"넌 징계로 안 끝나. 내가 널 찾고 있는 건 어떻게 안 거야?"

"학생회 회의록에서. 나 부반장이거든. 네 계정에 댓글 단건, 그냥 인터넷에 쳐 보니까 바로 나오던데?"

"소미는 어디에 있어? 지금 무사해?"

"한 달 정도 지나면 일을 하겠지만, 그사이에는 그냥 지내."

신지혜는 방금 이 일을 신고했고 이제 잡히는 건 시간문제라고 말하며 한 가지 제안을 했다. 물론 '제안'이라는 게 다른 뜻이 있다는 건 나만 알아차렸지만.

"너한테 손해가 있는 제안은 아니잖아?"

23번은 망설이는 것 같았다. 나는 더 강하게 물었다.

"주소 말해. 그 '팸'이라는 게 어디 있는 건데?"

23번은 내 눈치를 보며 대답했다.

"안 멀어. 그 대신에 내가 말하면 여기서 산다는 건 비밀로 해 주는 거지?"

"똑똑한 애가 계산을 거지같이 하네? 넌 이 상황에 그게 말이 된다고 생각하니? 그냥 네가 안소미나 다른 애들 팔았다는 얘기를 안 꺼낸다는 것뿐이야."

"그러지 말고 청소년 쉼터라고 있어. 나중에 알려 줄게."

두홍이 진지하게 헛소리를 했다. 그것이 23번을 자극한 건지 모르겠지만.

"너라면 어떻게 할 거였는데? 내가 그럼 어디 있어야 했는데?"

23번은 갑자기 미친 듯이 화를 내기 시작했다.

"어디에서 살아야 했냐고! 길바닥에서 잘까? 아니면 미친년 있는 집에 갈까!"

난리를 치는 23번의 팔목을 붙잡았다. 두홍도 거들었다. 팔을 잡았을 때 지나치게 가볍다는 게 느껴졌다.

"안소미 그게 내 노트 몰래 찢어 갔더라? 도망쳐야 하는
건 알았는데 갈 곳이 없었어. 그 지하에서 나와서 올 곳이
여기뿐이었다고!"

"가만 있어, 지금 제안을 하는 거잖아. 오지랖 같겠지만
난 널 도우려는 것뿐이야. 이야기만 해 준다면 나도 최대한
으로 협조할 거야."

신지혜의 부하가 되어 누군가를 고문하는 모양새가 되긴
했지만, 이번에는 23번이 무릎을 꿇더니 두 손을 싹싹 비비
며 빌기 시작했다.

"제발 살려 줘. 너희들은 이제 곧 수시 기간이잖아, 제발
그냥 신경 쓰지 말고 넘어가 줘. 선생님들한테만, 아니 경찰
도, 말하지 말아 줘. 집에 들어가면 난 끝이야!"

23번은 말을 하면서도 울고불고했다. 솔직히 그 모습이
너무 처량했다. 절박했다고 해야 하나, 우리 셋 다 이번에는
섣불리 나서지 않았다.

"일단 소미가 어디에 있는지 말해."

"제발 그냥 조용히 넘어가 줘. 엄마가, 엄마가 많이 아프
셔. 말할게, 너네끼리 가서 뭘 하든 상관 안 할게. 대신 경찰
에게 말 안 한다고 약속만 해 줘……."

순간, 깨달았다. 나도 얘처럼 될 수 있었다. 얘도 도망치

고 있는 거겠지.

"너를 직접 신고하지는 않아. 어쩌면 네 말대로 사정이 있었다는 것도 이해하니까."

팸이라는 것도, 신지혜가 내게 한 제안이 없었다면 나에게 금방 닿았을 것이다. 나 역시 같은 행동을 했을 수도. 선생님이 2만 원을 주지 않았거나 신지혜를 만나지 않았거나 두홍이 끊임없이 말을 걸어 주지 않았다면 말이다.

"지랄, 뭘 이해한다는 거야?"

"그러게, 이건 얘도 같이 신고해야 해. 차라리 그게 더 도움을 줄 수도 있어, 준영."

분명히 맞는 말이다. 지금 23번에게 도움을 줄 수 있는 건 우리 같은 애들이 아니라, 어른들이니까. 선생님이나 경찰 같은.

"나도 알아, 그렇지만 일단 내 말은 들어 봐."

다른 애들은 모르겠지만 난 23번을 이해한다. 우린 어쩌면 친구가 되었을 수도 있다. 이렇게 만나지 않았더라면, 또 소미가 사라지지 않았다면.

"택시에서 말할게. 이번엔, 너희들한테는."

내가 아빠를 죽이지 않았다면.

너에게 간다

지난겨울의 중반을 지날 때, 아빠 말대로 경찰들이 집에
찾아왔다.

"전화를 안 받으시던데요."

"아, 네. 못 받았어요."

"그럼 아버님은 그날 이후로 못 본 건가요?"

"네."

경찰은 총 두 명, 집에 들어오지는 않았지만 현관 바로 앞
에 서 있었다. 그들은 내가 어떻게 살고 있는지, 언제 어디
를 가는지 질문했다. 난 성실히 대답했고 경찰 중 젊은 쪽이
다른 한 명에게 말했다.

"이거 안 되겠는데요?"

"그러게."

대뜸 뭐가 안 된다는 건지, 기분이 좋지는 않았다. 나이가 좀 더 들어 보이는 쪽이 말을 이었다.

"아버님 오면 연락해 주세요. 그게 학생한테도 좋아요. 채권자들도 계속 찾아올 거니까 다른 친지들한테 가 있는 게 낫겠어요. 머무를 곳은 있어요?"

"아, 네……."

경찰이 집에서 나가라고 하는데 나가야 할까. 이렇게 조사 아닌 조사를 받게 되니 이 세상 모두가 내가 어디 자리를 잡거나 속해 있는 걸 싫어하는 기분이었다.

"무슨 일 생기면 연락해 주시고요."

"네."

경찰은 싱겁게 돌아갔다. 문을 닫자 다시금 집에는 어둠만 가득했다. 나는 어둠 속 그림자에 가만히 앉아 있었다. 지나치게 좁은 집. 억지로 가구를 욱여넣은 탓에 소파가 거실을 넘어 부엌에 닿았다. 그뿐일까, 내 방은 책상과 침대가 부정교합 치아처럼 엇갈려 있어 의자는 책상 위에 두었다. 가장 심한 건 아빠의 방이었다. 잡동사니들이 무너질 듯 폭발할 듯 뒤엉켜 있었다. 침대로 가려면 책과 서류를 다 치워야 했다. 빚이 얼마고 법원 등기가 어쩌고 하는 글자들을 다 지나, 나는 아빠가 계획을 적어 둔 종이 하나를 발견할 수 있었다.

아빠의 계획은 내가 봐도 허무맹랑하다 못해 바보 같았다. 자신은 죽은 척을 할 거고 행려병자가 되어 때를 기다릴 거라는 얘기. 그렇게 자신이 죽은 척을 해 보험금이 나오면 나도 잘 살 수 있을 거라는 얘기. 그러니 그 보험금을 위해 자신의 남겨진 아들을 부탁한다는 이야기. 사실은 보험금 따윈 있지도 않았고, 이 쪽지엔 따로 수신자도 없었다. 계획 은커녕, 거짓이 부풀어 어디서부터 어디까지 사실인지 알아볼 수도 없었다.

그리고 난 그게 거짓인 줄 아는 유일한 사람이다. 아빠는 실제로 죽었으니까.

그날, 아빠는 죽기 위해 집을 나서면서 자신이 쓴 계획은 아주 잘 짜인 거짓이며 자신은 바다에 투신할 거라고 했다. 그것이 속죄가 될 것이라고. 하지만 남겨질 내가 있으니 쪽지를 경찰에게 보여 주고 아빠가 살아 있는 척하라고 했다. 그러면 빚을 내가 갚아야 할 필요는 없을 거고. 그걸로 성인이 될 때까지 버티라고. 버티라는 말, 그 말도 이미 한 것이었다. 아니, 이 집에 오고 처음에 내게 한 말이 바로 그것이었다.

그래, 어쩌면 이 쪽지를 근거로 아빠의 동료나 친구가 날이 집에서 구해 줄지도 모르는 일이다. 아주 오랫동안 잘 버티면서 살다 보면 아빠를 찾는 사람이 없어지고 행복한 엔딩을 맞을 수도 있을 것이다. 하지만 거짓말로 세워진 해피엔딩일 뿐이다. 모두 허구여서 앞뒤가 전혀 맞지 않는, 말하자면 B급도 못 되는 영화다.

나는 그 쪽지를 화장실에서 불태웠다. 얼마나 대충 쓴 건지, 쪽지의 종이는 내 학원비 통지서였다.

"어디서부터 잊으면 될까요?"

그리고 난 모든 걸 잊기로 했다. 이제 아빠를 기억할 수 있는 건, 아빠의 최후를 알 수 있는 건 나밖에 없다. 그러니 내가 잊는 것으로. 아빠는 거짓말처럼 죽었다.

아빠의 이중 함정 같은 계획을 처음부터 없던 것으로 하고, 아빠가 그냥 집을 나갔다고 생각하기로 했다. 어디 갔는지는 모른다. 그러면 나에게는 죄가 하나도 남지 않는다. 아빠의 계획에 동조한 것도 아니고, 아빠가 죽는 걸 막지 않은 것도 아니고, 또 술주정한다며 아빠의 말을 무심코 넘긴 것도 아니다. 나는 그냥 모른다. 어리니까, 몰라도 죄가 되진 않을 테니까. 하지만 슬펐다.

눈물이 났지만 오히려 더 시원해졌다. 이대로 참고 버티기만 하면 어른이 된다. 성인이 되면 아빠 같은 건 없어도 잘 살 수 있다. 대학도 가고 연애도 하고, 언젠가 나와 같은 아들도 낳아서 나보다 더 잘 기를 수 있다. 아빠에게서 내려온 고리는 절대 이어지지 않을 것이다. 나의 대부터 끊어진다. 그래, 그게 완벽한 엔딩일 것이다. 그렇다면 나는 아빠가 죽기를 바랐던 건가.

"아."

따뜻해진 화장실에서 주먹을 꽉 쥐었다. 손이 저릴 때쯤 속삭였다.

"자랑스러운 아들은 못 될 것 같아요."

순간 알아차렸다. 왜 경찰이 안 되겠다고 했는지.

아빠가 어디로 갔는지 알아도 말하지 않을 거라는 사실을 그들은 안 것이다. 그러니까 아빠는 내가 죽인 것이다.

생각해 보니 이때 이미 난 튕겨 나온 거였다.

그 겨울, 난 죽도록 도망치고 싶었다.

*

여기까지 썼을 때, 나는 잠시 멈출 수밖에 없었다. 내가 이 이야기를 통해서 하고 싶은 말이 무엇인지 명확하게 생각해야 했다. 결말 전 마지막 플래시백, 고통스러웠던 기억을 계속 상기하려니 적정선이 어디쯤인지 흐릿해지는 느낌이었다. 사실 현실은 더 시궁창이었는데, 거기까지 갈 필요는 없겠지.

그냥 현실이 어떻든 이야기는 행복하게 끝났으면 했다. 그래서 이보다 더 끔찍한 날들의 주인공이었을 사람들에게 이야기가 가닿는 것.

그래, 그런 걸 결말에 써야 완벽한 엔딩을 볼 수 있겠지.

지금 와서 생각해 보니, 나는 친구들과 함께 '그 현상'을 똑똑히 봤다. 이것은 미스터리가 가득했던 책 도둑 이야기의 마지막이다.

*

"그러니까, 그래……. 그렇구나."

23번이 알려 준 주소로 이동하는 택시 안.

신지혜는 앞자리에서 내 이야기를 다 듣고 생긴 작은 정적의 틈으로 말을 끼워 넣었다. 어떤 표정을 짓는지 못 봤지만, 옆에 있는 두홍과 비슷할 테다. 두홍은 살짝 울먹거리기까지 했다. 우리는 말없이 택시를 타고 이동했다. 택시가 꼭 경찰차같이 느껴진다,라고 말하려다 참았다.

"근데 경찰에 알려도 넌 괜찮을 것 같은데? 미성년자잖아. 그냥 아빠 버리고……."

"전교 회장, 그건 아니지 않아?"

"아니야. 맞는 말이지. 아마 난 어디 시설로 가게 되었으려나……. 사실 아빠 집도 누구 명의로 되어 있는지 나는 몰라. 어쩌면 그렇게 나가고 싶어 했으면서 결국은 안 나가고 싶었던 건지도 모르겠네."

내가 뱉고도 무슨 말인지 잘 몰랐지만, 둘은 이해한다는 분위기였다.

"대충은 알았어. 그래서 대학 가려고 했던 거야?"

"기숙사에 들어가든 자취를 하든 멀리 가서 주소지도 이전하려고 했지, 두홍."

"지금 괜찮은 건 맞아? 쉽게 할 말은 아니지만 힘들었을 것 같네."

신지혜가 넌지시 물었다. 나는 가볍게 웃으며 답했다.

"괜찮아. 운이 없었을 뿐이지."

"진짜로 그렇게 생각해?"

"지금은. 어느 집에서 태어날지 우리가 선택한 게 아니잖

아. 피해받은 것처럼 생각하기에도 지쳤어."

"도빈이가 한 말이네. 불쌍해지지 말자고."

언젠가 해결할 수 있겠지. 성인이 되고 독립할 힘을 기르면 그 이후에는. 하지만 아직은 우리가 해결할 수 있는 문제가 별로 없으니까, 버티는 거다.

그때 두홍이 대뜸 덧붙였다.

"근데 쟤 남자친구 있어?"

농구공이 골대에서 튕겨 나오는 것 같이 뜬금없는 물음에 나는 피식 웃었다. 신지혜도 어처구니없다는 듯한 소리를 냈다.

"너도 너다. 지금은 소미만 생각하자."

우리는 경찰에 연락한 후 우리 대로 소미를 찾아가기로 했다. 일단 최대한 빨리 도착해서 그다음을 생각하기로 했다. 그치지 않는 비를 가로질러 도착한 곳은 종합어시장 근처. 여러 식당들 너머 항구 근처에 작은 모텔이 모여 있는 동네였다. 늦은 시간이라 그런지 컴컴한 동네가 으스스한 분위기를 풍겼다. 하지만 기분이 그렇게 나쁘지는 않았다.

"여긴 뭔 동네가 이러냐. 꼭 영화에서 살인마들 숨겨 두는 곳 같네."

"아무튼 이준영, 네 이야기는 다음에 마저 얘기해. 들어 줄 테니까. 여기 지금 비도 오고 밤이니까 더 그래 보이는 거지, 엄마랑 여기 회 센터 왔었는데 맛있었어."

"오, 회 좋아해? 나도 좋아하는데."

"야, 이준영 친구. 넌 긴장감이라는 게 없니?"

신지혜가 쏘아붙였다. 하긴, 두홍은 참 경각심이 없는 애다.

"주소로 보면 여기가 맞는데, 어쩔 거야?"

"어, 경찰이나 선생님 오기까지 기다려야지?"

신지혜가 두홍을 바라보며 한심하다는 듯 물었다.

"그럼 우리 여기 왜 온 건데?"

신지혜와 두홍을 보고 고개를 끄덕였다. 더 이상 멈춰서 기다릴 수는 없다.

"가자."

주홍색 가로등 불빛이 공기 중을 떠돌아다녔다. 오늘 밤 이곳에서 내 이야기가 마무리될 것처럼 느껴졌다. 난 생각을 몰아내려 고개를 흔들었다. 지금 여기 소미가 있다. 그것만 생각하자. 조금만 기다려, 소미야. 지금 너에게 간다.

"여기야, 준영."

"넌 일단 여기서 기다려."

나는 신지혜를 두고 두홍과 모텔 안으로 들어갔다. 허름한 모텔 카운터에는 아무도 없었다. 우리는 23번이 알려 준

4층으로 향했다. 문 앞의 호실 번호도 흐릿하게 지워진 어느 방. 두홍과 눈으로 사인을 맞춘 뒤 노크했다. 잠시 후 쉽게 문이 열렸다.

"아빠?"

좁은 방에는 다섯 명의 아이가 있었다. 조잡한 방의 벽 쪽에 후드 티의 모자를 뒤집어쓴 소미가 앉아 있었다.

"소미야, 이제 괜찮아."

어두운 방 안에서 두 눈을 동그랗게 뜬 모습이 꼭 비에 젖은 채 버려진 강아지 같았다. 우리는 서둘러 안으로 들어가려 했다. 두홍이 먼저 들어가고 잡고 있던 문을 더 활짝 열기 위해 당겼다.

철컥

순간, 내 뒤에서 커다란 손이 내 어깨를 넘어와 문을 닫았다.

그 현상

빗소리가 지나치다 싶을 정도로 크게 들려오고 있었다.

그는 날 보고 있지도 않았다. 얼굴의 주름 때문에 대략 40대쯤으로 보였는데 실제 나이는 더 어릴 것 같았다. 남자는 순식간에 방 문을 바깥에서 걸어 잠그고 따라오라는 듯 복도 반대편으로 걸었다. 나는 그를 따라 천천히 걸음을 옮겼다. 방 안에서 두홍이 문을 두드리는 소리가 크게 울렸지만 왠지 남자의 말대로 해야만 할 것 같았다.

남자는 계단 끝에 있는 문에 열쇠를 넣었다. 옥상과 통하는 통로였다. 옥상에 오자 비 때문에 번진 빛으로 얼굴을 확인할 수 있었다. 곱슬곱슬한 머리, 단추를 목 끝까지 잠근 파란 셔츠에 검은색 바지, 거친 손에 든 검정 비닐봉지. 남자는 내가 영화에서 봤던 범죄자들과는 아예 다른 모습이었다. 오히려 평범하게 느껴졌다.

그는 옥상 가장자리에 쪼그려 앉았다. 난 그 앞에 섰지만, 그는 손짓으로 자신의 옆에 앉으라 했다. 나는 위압감이 느껴지는 기다란 손가락을 따라 그의 옆에 앉았다.

"밥은?"

그가 물었고, 나도 모르게 대답해 버렸다.

"먹었어요."

물론 거짓말이다. 이것도 왠지 그래야만 할 것 같았다. 남자에게만 작용하는 중력이라도 있는 것인지 그가 내 주위에 있는 모든 걸 쉽게 끌어당기는 듯했다.

"경찰은?"

그가 또 낮은 목소리로 말했다. 피곤하고 지친 기색이 보였고, 순간 남자를 제압할 수 있을까 고민했지만 그는 내가 망설이는 사이 이미 상황을 파악하고 다음 수를 짠 것 같았다. 내가 계속 대답하지 않자, 남자가 여유롭게 말했다.

"괜찮아. 내 이름은 우윤휘고, 여기서 애들을 기르고 있어."

손에 땀이 나기 시작했다. 남자의 눈을 보면 누구라도 그랬을 것이다.

"네 얘기는 소미한테 들었어. 걱정하지 마, 소미는 아직 일 안 하니까."

"네. 이제 데려갈 거예요. 경찰도 곧 올 거고."

"그래? 데려가. 그래도 여기로 돌아올걸. 소미는 나랑 비슷하거든."

"소미는 당신과 비슷하지 않아요, 하나도. 대학도 갈 거고 하고 싶은 것도 많은 애예요."

날 보고 있지만 다른 걸 보고 있는 듯 초점이 맞지 않는 눈, 차갑고 쓰라린 눈. 범죄자의 눈이었다. 남자는 자리에서 일어나 작은 칼을 꺼내 들었다. 그러고 나서 내게 '제안'했다.

"그럼 넌 나랑 같이 일할래? 여기서 지내면서."

"일이요?"

"불법적인 건 아니지. 비즈니스 같은 거야. 돈도 쉽게 벌 수 있고."

"그럼, 나중에는 저도 아저씨처럼 되는 거예요?"

그는 내 물음에 관심 없다는 듯 천천히 일어나 난간에 기대어 섰다. 나도 따라 일어서서 그의 앞에 섰다. 나는 저 눈을 알고 있다. 실패한 눈. 그 냄새.

"그건 모르지. 딱히 신경 쓰고 싶지도 않고."

남자는 손가락을 이리저리 움직이며 말했다.

"요새 애들 참 불쌍해. 학교 때려치우고 나와서 할 것도 없고, 어리니까 돈도 못 벌고. 사람들은 가출이니 어쩌니 하겠지만 걔들 사정 아는 사람이 얼마나 되겠어? 그냥 담배나 피우고 술 마시고 그러면 다 나쁜 거고, 잘못된 거라고 치잖아."

나는 그가 무슨 말을 하는 건지 도저히 이해할 수 없었다.

"소미를 봐. 정말 집에 돌아가고 싶어 할까? 걔 사정도 딱하던데."

우윤휘는 미소 지으며 말했다. 나는 어떻게든 시간을 끌어 보려고 천천히 뒷걸음치며 말했다.

"꼭 집에 돌아가지 않더라도…… 상관없어요. 다른 시설도 괜찮고. 하지만 여긴 아니에요. 소미가 여기 있겠다고 해도 내가 데려갈 거예요."

"난 애들이 싫어. 자기가 결정을 못 내리니까. 그래도 이해는 가. 그래서 더 이해해 주려고 하는 거야. 애들이 도망쳐서 살 수 있게. 나는 어릴 때 아무런 도움을 못 받았어. 이제 내가 그걸 주겠다는 거잖아? 내가 필요했던 도움. 집도 주고 일도 주고 돈도 벌고. 아, 돈이야 좀 나누긴 하겠지만."

"아니요. 소미는 집에 갈 거예요. 돌아갈 곳을 아니까. 이제 나도 그렇고."

우윤휘는 한숨을 쉬었다.

"그럼, 지금부터는 내가 널 말릴 거야. 좀 아플 수도 있어."

우윤휘는 천천히 걸어 내 바로 앞에 멈춰섰다. 눈이 똑바로 마주쳤다. 그제야 결심이 섰다.

선을 넘는다.

안쪽으로 오른발을 내디뎠다. 복싱을 처음 배울 때 피하고, 막고, 공격하는 순으로 배우는데 그 이유는 피하지도 막지도 못할 때는, 반드시 싸우기 위해서다. 맞서 싸우기 위해서. 또 그러기 위해서는, 지금처럼 딱 한 발. 어디로 향할지를 정확히 보고 딱 한 발 더 나가야 한다.

"홉!"

허릿심을 꽉 주고 왼손을 우윤휘의 턱을 향해 뻗었다.

분명 지금 생각해 보면 그랬다. 엉망진창이었지만, 때맞춰 사이렌 소리가 들려왔던 것 같다.

*

"이게 무슨⋯⋯."

처음 보는 광경에 선생님도 넋이 나간 것 같았다. 모텔 주인은 경찰 한 명에게 그 자리에서 간단한 조사를 받았고 다른 경찰은 선생님에게 자초지종을 설명했다. 사이렌 소리 때문에 근처 주민들이 몰려들었다. 내가 1층에 내려오자마자 다리가 풀려 주저앉자 사람들이 수군거리는 소리가 더 커졌다. 우윤휘는 기절한 채 연행됐다.

"엄마……."

소미는 경찰이 데려온 자신의 엄마와 만나고 있었다. 비 때문에 자세히 보이지는 않았지만 소미네 엄마가 소미의 얼굴을 아기 다루듯 쓰다듬었다는 것과 모녀가 껴안고 펑 펑 울었다는 것만 알 수 있었다. 소미는 이제 집으로 돌아갈 수 있는 거겠지.

어쩌면 우윤휘의 말이 맞을 수도 있다. 우리가 숨어 있던 학교에서 나와 만날 세상은 이토록 무서우니까. 그렇지만 주변에서 조금만 신경 써 주면 다들 저렇게 자신이 어디로 돌아갈지 정도는 알 수 있을 것이 분명하다고, 난 소미를 보 며 생각했다. 그럼 어디로 갈지 방향도 정할 수 있을 거고.

아, 나도 저런 게 되어 주고 싶다.

갑자기 마음속 댐이 부서진 것처럼 눈물이 나왔다. 소미 네를 보고 감동해서 그런 건 아닌데 그냥 눈물이 났다. 알을 방금 깨고 나온 아기 새가 우는 것 같았다고, 나중에 두홍이 말해 줬다.

"가자, 준영."

소미가 돌아가고 나는 두홍의 부축을 받아 걸음마를 떼는 아이처럼 겨우 일어섰다.

"학생은 집이 어디예요?"

그 난리 통에 경찰 한 명이 다가와 우산을 씌워 주며 친절히 물었다.

"나는, 아니 저는……."

어디로 가야 하는 걸까, 난 모른다. 하지만 우윤휘가 있는 쪽은 아닐 것이다.

"저는…… 하."

나는 그냥 웃어 버렸다.

"하하하!"

왜 웃었는지는 아직도 모르겠다. 그냥 이 누추한 곳까지 먼 길 오셨을 텐데, 하는 생각이 들었다.

"서로 가서 집 주소 확인하고 귀가시키자."

"이게 도대체 다 몇 명이야?"

모든 일이 적법한 어른들의 방식으로 마무리되려는 바로 그때, 경찰의 말을 듣자마자 모텔 방에 있던 아이들이 갑자기 우산을 벗어났다. 그리고 제각기 다른 방향으로 미친 듯이 질주하기 시작했다.

"도망쳐!"

전부 뛰었다. 비보다 빠르게. 무언가로부터 도망치는 것처럼. 아이들은 빗길을 달리며 원시적인 소리를 질렀다. 그 모습이 흡사 어린 짐승이 으르렁대는 소리와 비슷했다. 아이들은 모여든 주민 속으로, 또 골목길로, 아니면 그 누구도 알지 못하는 자신만의 장소로 흩어졌다.

"뭐야!"

"돌아와! 잡아! 거, 좀 잡아요!"

경찰과 주민, 그리고 모텔 주인까지 소리를 지르며 도망치는 아이들을 뒤쫓았다. 주홍색 불빛이 비에 반짝거리며 알록달록, 축제 같았다. 마치 화려하고 천천히 흘러가는 영화의 클라이맥스 장면 같았다.

그때 서 있던 자리에서 움직이지 않고 있었던 건 두홍, 신지혜, 그리고 나뿐이었다. 눈이 마주친 우리는 함께 웃었다. 이제 집에 갈 것이다. 셋 다 분명 같은 기분이었다. 그게 정말로 아름다웠다.

난 그 현상을 방에 있는 지금까지도 잊지 못하고 있다. 마구 울고 웃는 사람들, 아이들, 우리. 난 그 시간을, 놀랍도록 아름답고 괴상한 현상을 이렇게 적었다.

'그 현상'은 전염성이 몹시 강하고 모두가 살면서 한 번은 무조건 겪는다. 개인에 따라 시기의 차이는 있지만 대개 어릴 때 일어난다. 한번 나타나면 극도의 불안감을 느끼며 자기가 속한 공간에서 자꾸만 뛰쳐나오게 된다.

그들은 끊임없이 도망치며, 어른이 된 후에도 낫지 않는 경우도 있다.

누군가는 그 현상이 사라지기 전까지 언제라도 다시 시작할 수 있다고 여기기도 한다. 하지만 나는 어른이 되어서라도 상관없다고 생각한다. 언제까지고 새 출발을 할 수 있다고. 내가 어디서 나고 자라 어떤 가족이 있고, 무슨 실패를 겪었든 계속해서 뛰쳐나가다 보면 비로소 자신에게 돌아갈 곳이 있다는 사실을 깨닫게 된다.

그때서야 우리는 제대로 된 방향을 정할 수 있다.

향

정신을 차리고 보니 선생님이 나를 조수석에 태우고 어디론가 달리고 있었다. 슬슬 비가 그치는 중이었다.

"어디로 가는 거예요?"

"일단 우리 집으로 가야지."

순간 몹시 피곤하다는 생각이 들었다.

"연락해 줘서 고맙다. 도착할 때까지 좀 자."

"네. 늦었는데 죄송해요."

"가서 오늘 이야기는 안 할 거야. 같이 고민해 준다는 거 취소야, 인마."

"……그 아저씨는 이제 어떻게 되는 거예요?"

"누구?"

나는 우윤휘에 관해 설명했다. 무섭도록 슬픈 모습이었다고 천천히 설명했다. 담임 선생님은 가만히 내 이야기를 듣더니 느리게 대답했다.

"그걸 또 잡았네. 잘했다. 아마 오래 갇혀 있어야 할 거야."

"네."

"그 사람이 혹시 너한테 무슨 말이라도 했니?"

"갈 곳 없는 애들을 기르고 있다고 했어요. 전 괜찮아요."

"기르기는 개뿔, 너희 또래들은 아무리 기르려고 해도 길러지지 않아. 자기들이 알아서 죽죽 잘 자라지. 너도 괜찮다고만 하지 말고, 인마."

나는 한 번 씩 웃었다. 순간, 늦은 밤에 어른과 함께 있는 게 꽤 오랜만이라는 걸 깨달았다.

"아, 선생님. 도빈이는 선생님이랑 얘기한 거죠?"

"도빈이? 그럼, 당연하지. 걔네 집에도 다 연락했어."

"도빈이가 전에 저한테 했던 말이 있었어요. 나중에 같이 살자고, 우리끼리 영화를 만들자고."

"갑자기?"

"그, 선생님이 말씀하신 거 있잖아요. 맨날 도망쳐도 된다고, 도빈이가 그랬거든요. 언제든 자기가 돌아올 수 있게 우리들만의 공간을 만들자고."

나는 왜인지 도빈처럼 말을 이었다.

"그리고 거기서 더 멀리 떠나고 다시 돌아갈 준비를 하자고 그랬거든요. 다음번에는 더 멀리 떠날 수 있게. 오늘 거기 있던 애들이 막 도망치는 걸 보니까 딱 알았어요. 선생님이 맨날 연애 이야기하던 건 돌아갈 곳을 만들라는 거였죠? 그러면 진짜 내가 어디 있는지도 알고 어디로 갈지 방향도 알게 된다는 거, 그런 말이었죠?"

선생님은 삐걱거리는 와이퍼를 가만히 보며 생각을 정리하는 것 같았다. 아마 제자의 성장에 감동하신 걸 테지. 그러다 고개를 갸우뚱거리며 내게 말했다.

"아, 잠깐 졸았네. 졸린 말 좀 하지 마, 인마! 설교하냐?"

"네? 안 들으셨어요?"

"비 오는데 지가 조용히 말해 놓고. 여하튼 입시든 연애든, 힘들면 언제든 먼저 말해. 관심 두고 신경 쓰고 할 테니까. 잘은 못해도 너희 주변에 어른은 원래 그러라고 있는 거야. 그나저나 너 밥은 먹었냐?"

길고 긴 장마가 다 지났다.

그날부터 담임 선생님 집에서 잠시 지냈다. 두홍이 말했던 청소년 쉼터에 잠깐 들렀다. 물론 거기에서 살려고 간 건 아니다. 그냥 두홍과 함께 상담을 받았던 것뿐.

"안녕하세요, 친구분?"

상담사님은 친절하게 시간을 내줬고 우리들의 얘기를 들어 줬다. 학교에 돌아온 후 경찰 조사를 받기도 했지만 내가 학교에서 살았다는 건 아무에게도 밝혀지지 않았다. 23번의 존재도. 결국 거기에는 아무도 없었다.

우리들은 또 한 발걸음을 내디딜 수밖에 없었다. 그도 그럴 것이 이제는 정말 입시니까. 나는 기분 좋게 복도를 걸었다. 이제 스토리는 다 짠 글을 바탕으로 시나리오 장면 구성만 하면 된다.

그리고 소미는 그 이후로 만나지 못했다.

하지만 이게 내 영화의 끝은 아니다.

*

발단, 전개, 위기, 절정, 결말 중 결말 부분의 가장 마지막, 클라이맥스 부분이다.

여운이 있어야 한다. 좀 작위적이라고 느낄 수도 있지만 이 이야기는 분명 해피엔딩으로 끝난다.

언젠가는 누군가에게 위로가 되고 싶었다.

그래서 그날의 이야기를 썼다.

그날 아이들이 이곳저곳으로 흩어지는 걸 보고, 내 세상은 완전히 무너져 내렸다. 그때서야 모두 이해받지 못하고 있다는 것을 깨달았다. 하지만 이 장마는 언젠가 끝난다는 것도.

다시 보니 '일진과의 전쟁'이나 '따돌림을 극복한 천재', '짝사랑' 같은 걸 넣었어야 했나 싶지만 친구나 연애, 대학 입시가 우리 때는 중요하니까.

이 영화의 끝은 아래와 같다.

*

물론 첨삭 과정에서 담임 선생님, 국어 선생님과 입시 상담을 주로 맡아서 하는 3학년 부장 선생님에게 순서대로 털렸다.

"이건 뭐, 문학 작품이냐? 소설이야?"

"아, 이건 그냥 줄글로 쓴 초안이고 이제부터 장면 구성하려고 했다니까요."

하지만 걱정은 되지 않았다. 수시 원서 접수 기간이 별로 남지 않았지만 이제 어디로 가야 할 지 안다. 1지망 2지망 3지망, 그리고 수능이라는 또 다른 문제가 있었다. 하지만 이제 시간 같은 건 상관없었다. 다른 걸 신경 쓸 여유는 없다. 지금은 이런 대학 입시보다 해야만 하는 중요한 일이 있으니까. 나는 서둘러 교무실을 나섰다.

"상담은 잘 끝났음, 준영?"

"나쁘진 않았지."

두홍과 농구를 하려고 교무실에서 나와 1층으로 내려왔다.

"신지혜 남자친구 없다더라."

"누구, 전교 회장?"

"뭐야, 두홍 너 그날 번호도 교환하고 그랬던 거 아니야?"

"아, 연락은 했는데…… 대학 가고 제대로 말하자고 하던데. 이제 입시 기간이니까 바쁜가 봐. 집도 잘 사는 건지. 아! 나는 대학 안 갈 거냐고 물어보더라고. 근데 뭐랄까…… 좀 무시하는 투로 말한다고 해야 하나?"

"걔가 싸가지가 좀 없어. 근데 착해. 말도 많고. 담에 한 번 더 말해 보든가. 이제 여름도 다 끝났겠다, 날씨도 좋잖아."

"당연하지. 아무튼 예쁘긴 하잖아."

"걘 대학도 참 잘 갈 거야."

"어, 하는 거 보니까 잘 가긴 하겠더라. 오케이, 2점."

괜히 농구부 주장은 아닌가. 내가 어설프게 공을 던지자 두홍이 자세를 가르쳐 줬고 두홍은 또 낄낄거렸다. 나 역시 그 모습을 보고 웃었다.

"한 판 더 해."

"일단 뭐 좀 먹자."

우리는 매점에 갔다. 아이스크림이나 하나 먹고 농구대로 다시 가려는데 담임 선생님이 1층 로비에서 급하게 나를 잡았다.

경찰이라도 다시 온 걸까. 이 더운 날에 땀까지 흘리며 왜 뛰어오신 거지. 긴장한 채 담임 선생님을 따랐다. 선생님은 교문 쪽으로 계속 날 잡아끌었다.

"경찰에서 전화 받고 얼마나 놀랐는지. 아마 이번 일 때문에 연락이 간 모양이야. 오늘은 그냥 이대로 집에 가도 돼."

내 가방까지 챙겨 온 선생님은 배드민턴 채로 교문 쪽을 가리켰고 처음 보는 사람이 있었다. 나는 천천히 걸어가다 멈춰섰다. 누가 봐도 애써 웃는 것 같은 아줌마도 날 보고 다가오던 걸음을 멈췄다.

아줌마는 내 시선을 피하지 않았다. 약간 미소 짓고 있었는데 꼭 우는 것처럼 보이기도 했다. 영문을 몰라 두리번거리는데, 아줌마가 이번에는 더 크게 웃으며 내게 말했다. 마주친 그 눈을 내가 참 닮았다고 생각했다.

"준영아, 이제 집에 갈까?"

향이 아늑했다.

에필로그

방에 커튼을 다는 것은 정말 어려운 일이다. 안내서를 보지 않은 내 잘못이 컸지만 난 이런 쪽에 참 재능이 없는 모양이었다.

"그때 생각나긴 하네."

이걸로 낮에 밝아서 깨는 일은 없을 것 같았다. 그 후로 침대 옆 책상에 앉아 시나리오를 쓰다 말고 낙서만 했다.

무료하게 있던 그때, 핸드폰의 달력을 보고서야 깨달았다. 오늘 엄마가 김치 보낸다고 했는데.

"자취생인 내게 지금 김치보다 중요한 건 없지."

냉장고에 정리하고 보니 좀 엉망진창이긴 했지만 나름

맘에 들었다. 그리고 엄마와 잠깐 통화를 한 뒤 시나리오를 고쳤다. 이 이야기를 듣는 사람은 대게 끝에 가서는 내게 이렇게 묻곤 했다.

"그럼 다른 사람들도 대학에 잘 갔어요?"

아직 내 글이 부족해서 묻는 말이겠지만 난 웃으며 대답했었다.

"그건 별로 중요하지 않아."

두홍은 그날 밤 경험 때문에 무슨 정의감에라도 사로잡힌 건지 경찰대를 가겠다고 재수 기숙학원으로 들어갔다. 물론 신지혜가 코디를 봐 준 덕분이었다. 또 대학은 나와야 자기랑 만날 수 있을 거라고 덧붙였다고 했다. 두홍은 학원 시스템상 밖으로 나오는 건 고사하고 핸드폰도 압수당했다. 그 대신 가끔 메일을 주고받았다.

준영, 난 여기 갇혔다. 핸드폰 없이 넌 어떻게 살았냐? 원시인이랑 다를 바가 없다. 도빈이가 돌아오는 다음 달엔 꼭 자취방으로 갈게.

(추신) 여기에도 농구대가 있어서 다행이야.

신지혜는 학교의 영웅이 됐다. 걔네 엄마와 코디 선생님,

252

그리고 신지혜가 힘을 합쳐 도대체 무슨 짓을 한 건지는 몰라도 신문에까지 났다. 기사 헤드라인은 이것이었다.

우리라고 못 할 건 없잖아요?
지역 고등학교 전교 회장 학생이 경찰과 협력하여 '가출팸' 검거

스크랩한 기사를 나중에 읽어 봤는데, 나와 두홍, 그리고 신지혜가 한 인물로 합쳐져 무슨 웹툰이나 드라마 영웅 서사시의 주인공이 되어 있었다. 23번에 대한 구체적인 내용은 나오지 않았지만 신지혜는 이걸로 원하던 대학을 갔다고 했다. 거기 기숙사생 대표를 하고 총학생회에도 들어갔다고. 아무튼 그런 쪽으로 재능이 있는 애다.

아직도 엄마에게 받는 간섭은 심한 편이지만 몰래 기숙사 통금을 어긴다고 말하며 신지혜는 전에 본 적 없는 해맑은 표정으로 웃었다. 얼마 전 집에 갔을 때 동네 호프집에서 신지혜가 소미에 대한 얘기를 해 줬다.

"그건 그렇고 너 그 얘기 들었음?"

"뭔 얘기?"

"걔 이번에 전교 회장 선거 나갔더라?"

그날의 대화 중 제일 반전이었다.

회장은 아니지만 전교 부회장으로 선출돼서 학생회 톡에 소미가 들어왔다고. 힘들진 않고, 선거 준비하면서 엄마가 많이 도와줬다고 했다. 그리고 소미는 웃었다고 말했다. 난 소미 얘기에 마음이 비 온 뒤의 땅처럼 질퍽해지는 걸 느꼈다.

"내 얘긴, 안 했어?"

"어, 했지. 잘 지내냐고. 근데 너 아직도 걔 좋아하나? 차였다고 하지 않았어?"

실망스러웠다. 그게 다라니. 난 정말 소미를 모르겠다. 신지혜는 깔깔거렸고 나도 웃었다. 하긴 소미는 그런 애다. 조금 찌질하긴 하지만 언젠가 소란함이 다 끝나면 편하게 연락할 것을 알기에 기다리기로 했다.

"비가 오려나."

김치를 다 정리한 나는 다시 책상에 앉았다. 컴퓨터를 켰고, 눈앞에 불빛이 어른거리고, 다시 글을 썼다.

엄마랑 같이 사는 게 불편하지는 않았지만, 난 자취를 고집했고 이렇게 내 방을 만들 수 있었다. 외가 쪽에서 아빠에 대해 묻지는 않았다. 다만 엄마와 할아버지가 이것저것 해결해 주셨고, 나 역시 등본을 옮긴 다음에는 모든 것을 맥거

핀처럼 신경 쓰지 않기로 했다. 뭐 이제 상관없었으니까.

여기까지 쓰고 보니 너무 낭만적으로 쓴 건가 싶었는데 그래도 나쁘지 않게 끝나서 다행이었다.

하지만 또 아쉬움이 생겨 덧붙였다.

그러니까, 난 지금 잘 살고 있다.

사실 내 이야기가, 그 여름에 일어난 뜨거운 미스터리가 '모두 다 행복하게 잘 살았습니다.'라는 모호한 해피엔딩을 가지는 것은 시시한 일일 수도 있다. 그렇지만 여기까지 너에게 말할 걸 정리하다 보니 꽤 흥미진진하고 재미있는 것 같다.

넌 어떻게 생각해? 뒤를 돌며 물었다. 그리고 그곳에 있던 도빈이 대답했다.

"우리가 만들 영화니까 당연히 재밌겠지. 준영, 두홍이 오면 각자 또 역할 정해 보자. 계획도 짜고. 내가 회사 쪽에 제안해 볼게."

도빈은 여전히 도빈인 채로 있었다. 조금 살이 찐 상태였는데 이 집을 구하고 다시 원래 체중으로 돌아갔다. 자취가 쉽지 않은 것도 있겠지만, 도빈은 너무 바빠서 집에 있는 시간이 거의 없었다. 벌써 개인 촬영을 시작했다고 했었나. 하지만 언제나처럼 돌아보면 도빈은 여전히 도빈인 채로 그곳에 있었다. 도빈이 대학에 갔다, 안 갔다 하는 건 중요하지 않다.

도빈은 내가 쓴 시나리오를 읽어 본 뒤 이것만 물었다.

"그런데…… 반전은?"

난 씩 웃으며 대답했다.

"그러게."

노트북을 덮은 뒤 우리의 아지트를 돌아봤다.

도빈과 함께 이 방을 얻자마자 깨끗하게 청소하고 이것저것 인테리어 소품들도 샀다.

물론 이렇게 꾸민다고 여기가 내 홈은 아니다.

아직은 그냥 살고만 있는 하우스.

시간이 많이 지나고 나면, 내가 여기에 잠시 머물렀다는 걸 아는 사람은 없을 것이다. 지금까지 이 방에 누가 살았는지 내가 모르는 것처럼. 이 세상에는 너무나 많은 사람이 있고, 중요한 것들이 많으니까. 어쩌면 이 공간도 사라질지 모르지.

하지만 괜찮다. 아무도 모르는 것 같아도, 아주 작은 관심으로 누군가의 빈자리를 궁금해하고, 선을 넘기 전에 말려주고, 또 작게 머물렀던 자리를 돌아갈 이정표로 여기는, 조금씩 나아가는 사람들도 있을 테니까.

나는 이제 잠시 길을 잃더라도 괜찮다. 내게는 돌아올 곳과 곁에 있는 사람들이 있다. 그 사람들과의 추억이 내 영화고, 이정표다.

나는 지금 내가 어디로 가는지 알고 있다. 언젠가는 나만의 집을 찾을 수 있겠지. 하지만 거기 도착하더라도 또다시 떠날 것이다. 계속 뛸 것이다.

그래야 계속 무언가를 쫓아갈 수 있을 테니까.

나의 홈은 바로 거기, 그 방향에 있다.

나는 내가 잠시 머물렀던 학교 안 집을 떠올렸다. 책상에 있던 낙서가 생각난다.

에트레, 으애트레? 그런 거였는데, 내 이야기의 진짜 반전은 바로 이것이다. '내 집에서 나가'라는 낙서를 한 건 23번이 아니라는 사실.

23번은 내가 살던 집에 한 번도 들어온 적이 없다고 한다. 신지혜도, 두홍도, 소미도. 내 이야기에 나왔던 그 누구도 아니다. 그럼 도대체 누굴까?

난 그 뜻을 찾아내고 한 가지를 깨달았다.

etré(×) ➡ être(○)

1.(사람이) 있다, 존재하다.

2.(사물이) 있다, 존재하다.

3.있다, …이다.

= 우리 말고, 다른 책 도둑이 거기에 있었다?

*

장르는 미스터리. 내 영화의 끝은 이렇다. 나중에 진짜로
영화화된다면 내가 하고 싶었던 말을 조용하게 덧붙이는
것도 좋을 것 같다.

마치 에필로그처럼.

농구대 옆 작은 풀숲에 한 사람이 누울 만한 자리, 구령대
밑에 있는 체육 창고, 급식실 옆 쓰레기를 버리는 장소, 급
수대 아래, 사물함 안, 옥상, 그리고 옥상에서 바라본 길들
과 도시의 불빛들을 클로즈업해서 보여 주는 거다.

마치 집에 들어가기 싫어하는 아이가 오늘 밤 있을 공간
을 찾는 것처럼 천천히.

그때 아련한 노래와 함께 내레이션이 흘러나온다.

책 도둑에게.

어디로 나갔든지, 혹시 길을 잃었든지, 잘 돌아왔든지.

그날의 우리인 너를 만나면 꼭 말해 주고 싶다.

이제 집을 향해 함께 가자고.

홈으로.

이 이야기의 얼마쯤은 실화를 바탕으로 썼다. 준영, 두홍, 신지혜를 조금씩 섞어서 한 사람으로 만들면 대충 고등학생 때의 나와 비슷할 것이다. 언젠가 한 번 학생회실에서 잠드는 바람에 학교에서 하루 잤던 적이 있었다. 그런데 놀랍게도, 다음 날 일어나 보니 아무도 내가 여기 있었다는 걸 모르는 게 아닌가? 아무도 없는 학교의 새벽이 주는 그 짜릿함이란. 당시에는 소설을 쓸 생각이 없었지만, 영화 한 편 찍을 만한 스토리라고 생각했다. 공부만 하느라 힘든 시절에도 그런 재미있는 경험은 누구나 하나쯤 있을 테니까. 지극히 선한 이야기라고는 할 수 없지만 꽤 즐거웠던 '진짜'

학교에 대한 내용이랄까. 아무쪼록 내가 기억하고 있던 재미를 학교에 속한 사람은 공감하고, 학교 밖에 있는 사람은 추억하기를 작게 소망한다.

날이 갈수록 '학교'에 관련된 안 좋은 소식들이 늘어가고 있는 것 같다. 학생들은 교실에서 잠자기 바쁘고 선생님들의 고충은 늘어만 간다. 좋은 교실도 있을 거고, 또 일반적으로 생각해 보면 좋은 학생과 친구, 은사님도 분명히 있을 텐데. 내가 기억하는 학교도 그렇게 나쁜 것들로 가득 차 있지는 않은데. 물론 워낙 나쁜 소식이 늘어가다 보니 악한 면에 집중하는 콘텐츠가 많이 나오고 있다고 생각하지만, 나는 늘 아쉬웠다. 그래서 내가 가지고 있는 학교 이야기를 풀어 볼까 싶었다.

작은 소망으로 쓴 글이니만큼, 이 소설에서는 '학교는 이렇다' 혹은 '선생님은 이렇다' 하고 정의하지 않았다. 그런 사명감을 가지고 글을 쓸 만큼 똑똑하지도 않고, 각자가 기억하는 학교도 다를 테니까. 다만 이 글을 읽는 청소년 독자분들께서는 잘 먹고, 잘 자고, 선생님 말씀 잘 듣고, 연애도 해 봤으면 좋겠다. 청춘이니까.

또 당부하기로, 부디 이 이야기에 나오는 인물들처럼 누군가에게 좋은 친구가 되어 주길 바란다. 마음 맞는 친구 한 명이 일탈을 막는 가장 좋은 울타리가 되어 줄 수 있다. 서로에게 울타리가. 어른이면 더 말할 것도 없고.

내 이야기는 벼랑 끝에 몰린 아이들이 서로를 말려 주는 이야기 정도로 기억되었으면 좋겠다. 친구 이야기. 그리고 만약 그런 친구도 없고, 친구가 되어 줄 수도 없이 긴박한 상황에서 방황하고 있는 사람이, 그날의 '나'와 같은 책 도둑이 이 책을 읽는다면.

주저 없이 주변이든 청소년 쉼터나 센터든 어디에든 도움을 요청하라고 말하고 싶다. 그래도 되는 나이다.

그리고 박성훈 선생님.

23기 전교 회장입니다.

아직도 테니스인가 배드민턴 채 들고 다니세요?

이 자리를 빌려 감사의 말씀드립니다. 저는 잘 지내고 있어요. 그 시절을 선생님 덕분에 보냈습니다. 혹시라도 이 책을 끝까지 상냥하게 읽어 준 누군가의 주변에 박성훈 선생님이 계신다면 저 대신 감사하다고 전해 주시길. (저는 좀 부끄러워서.)

　사랑하는 우리 엄마, 형, 그리고 할아버지, 하늘에 계신 우리 아버지, 감사합니다. 다른 가족들과 지인분들, 그리고 창비 청소년출판부를 비롯해 이 부족한 책이 나오기까지 도움을 주셨던 모든 분들께 다시 한번 감사드립니다. 앞으로도 조금은 우울하지만 무척이나 상냥한 글들 많이 쓰는 걸로 이 감사함을 갚겠습니다.
　또 열심히 걷고, 쓰고, 살아가자. 나의 친구들.

2023년 겨울
김윤

어쩌다 학교가 집이 되었다

초판 1쇄 발행 • 2023년 11월 24일

지은이 • 김윤
펴낸이 • 염종선
책임편집 • 구본슬
조판 • 박아경
펴낸곳 • (주)창비
등록 • 1986년 8월 5일 제85호
주소 • 10881 경기도 파주시 회동길 184
전화 • 031-955-3333
팩스 • 영업 031-955-3399 편집 031-955-3400
홈페이지 • www.changbi.com
전자우편 • ya@changbi.com

ⓒ 김윤 2023
ISBN 978-89-364-3120-4 43810